KB071415

우리
어머니

우리 어머니

초판 1쇄 발행 2024년 6월 20일

글 · 사진 이선형
발행인 권선복
편집 한영미
디자인 김소영
전자책 서보미
발행처 도서출판 행복에너지
출판등록 제315-2011-000035호
주소 (157-010) 서울특별시 강서구 화곡로 232
전화 0505-613-6133
팩스 0303-0799-1560
홈페이지 www.happybook.or.kr
이메일 ksb6133@naver.com

값 20,000원
ISBN 979-11-93607-35-0 (03810)

도서출판 행복에너지

서문

새싹이 푸르게 돋아나는 이 아름다운 계절에, 저는 이 글을 쓰는 데 있어 자신감과 겸손이라는 두 감정 사이에서 고민하고 있습니다. 간증이란 결코 가볍게 다룰 수 있는 주제가 아니기에, 이러한 망설임은 어쩌면 당연한 것일지도 모릅니다. 그러나 제 마음속 깊은 곳에서 우러나오는 이야기를 나누고자 하는 열망은, 오만함이 아닌 어머니 강월영 권사님께서 경험하신 은혜와 축복을 다른 이들과 나누고자 하는 순수한 바람에서 비롯된 것입니다.

어머니의 삶은 하나님의 은혜와 사랑이 어떻게 인간의 삶을 변화시킬 수 있는지에 대한 살아있는 증거였습니다. 도가니탕 장사를 통해 얻은 복이 얼마나 소중하고 의미 있는 것인지를, 그 가치와 중요성을 여러분과 공유하고자 합니다.

이는 결코 자랑이나 과시를 위함이 아니라, 희망을 잃은 이들에게 용기를 주고, 믿음이 흔들리는 분들에게 하나님의 사랑과 섭리를 전하고자 하는 진심에서 우러나온 것입니다.

이 글들을 통해 강월영 권사님의 삶을 배우고, 그분의 경험을 통해 하나님의 사랑과 섭리를 더욱 깊이 이해할 수 있기를 바랍니다.

지금 고난에 처한 많은 분들이 조금이나마 제 글을 통해 희망과 위로를 찾으신다면 더 바랄 것이 없겠습니다. 그리하여 더 많은 분들이 하나님의 사랑을 느끼고, 그분의 섭리 안에서 살아가는 법을 배울 수 있는 소중한 계기가 되기를 기도합니다.

한 번 더 분명히 말씀드릴 건 결코 자랑코자 함이 아니요, 소망을 잃은 분들에게 용기를, 혹 믿음 없이 이 글을 접한 분이 계신다면 하나님을 알리고 싶은 간절함으로 글을 써 내려갔음을 밝힙니다.

모쪼록 여러분의 삶에 빛과 사랑이 가득하시길 기원합니다.

2024년 5월, 신록이 눈부신 날에

이선형

추천사

연산중앙교회 **김신호 목사**

이 책은 그 어머니와 늘 함께하던 그 딸의 이야기입니다.

그 딸의 눈으로 본 그 어머니의 삶과 신앙 이야기입니다.

저는 이 책의 원고를 읽으면서 그 어머니의 그 딸의 문장 실력이 과연! (꾸밈없이 만나곤 하는 폼새를 생각할 때) 대단함을 알게 되었습니다.

이 따님은 이야기와 시를 과하지도 않으면서, 그렇다고 내용이 부족하여 이해가 안 되는 불편함 없이, 이렇게 담백하고 직접적으로 와닿는 문장들을 통해, 우리 어머니들과 아버지들이 경험한 아픔과 슬픔이 결코 다르지 않다는 사실에 공감하며, 자신의 부모님을 떠올리게 만듭니다.

그 가볍지 않은 짐들을 이고 가시던 얼굴과 목소리와 신음을 잠시 추억하게 만드는 책입니다.

만약 당신이 하나님을 믿는 분이라면 이 책은 더욱 큰 위로가 될 것입니다.

저는 그 어머님이 평생 섬긴 교회에서 10년을 함께 신앙한 담임목사입니다.

그분의 시련에 대한 인내와 이웃에게 보여준 긍휼!

아무 문제 없는 듯 보여주시던 씩씩한 목소리와 찬양소리!

많은 억울함 속에서 잠잠히 주님만 바라던 침묵의 신앙을 기억합니다.

그리고 처음 도가니탕 사건을 들으면서 제 마음에 임한 깨달음은 다음과 같습니다.

- 하나님은 다 들으신다. 다 아신다.
- 하나님도 감정이 있으셔서 들으심을 따라 좋아하기도 실망하기도 하신다.
- 하나님에게는 우리를 위한 우리에게 아직 알려지지 않은 좋은 선물, 계획들이 있으시다.
- 이 계획들의 어떤 것들은 우리의 어떠함에 의하여 이루어지기도, 연장되기도, 취소되기도 한다.

– 그럼 나를 위한 계획도 있으시겠다!

여러분은 이 글들을 따라가다 보면 여러분의 어머니를 추억하게 될 겁니다.

마음이 봄비에 젖듯 촉촉해질 겁니다.

그리고 나는 어떤 어머니로 살고 있는지 생각하게 될 것입니다.

더불어, 하나님을 신앙함이 주님 안에서 헛되지 않음을 다시금 알게 되며 격려받을 겁니다.

제가 경험한 이 따뜻한 경험을 나누면서 여러분들을 따뜻하게도 하고, 자신을 돌아보게도 할 이 딸의 아름다운 문장 속에 담긴 바로 당신의 이야기들로 여러분을 초청합니다.

추천사

건양대학교 초빙교수 **전민호**

아득한 이야기가 된 것 같다.

도가니탕을 좋아하시던 아버님이 퇴직하신 이후론 비교적 자주 가서 먹었다.

그때마다 카운터를 보던 주인인 이선형 씨가(그때는 몰랐다) 아버지를 알아보고 반갑게 맞아주곤 했다. 그리고 갈 때도 언제나 안녕히 가시라고 친절히 대해주셨다. 이후 일찍 아버님이 돌아가신 후에는 1년에 한두 번 정도 갔나 싶다.

올봄에 그 가게를 갔는데 서로 오랜만이라고 인사를 나누었고 내가 시집을 냈다는 것을 어디서 알았는지 본인도 시를 쓰고 있다며 더 반가워했다. 그러시더니 자기 엄마에 대해 책을 내고 싶다고 했다. 그러면서 그동안 자기 어머니에 대해 쓴 단편들과 그간 습작해온 시를 함께 보내왔다.

한 문장 한 소절을 이틀에 걸쳐 읽었다. 처음부터 끝까지 담백하고 진솔한 마음을 표현하여 감명 깊게 읽었다. 어머니에 대한 애뜻한 그리움과 연약한 인간이 향한 그리스도인의 삶을 들여다보게 되었고 누가 읽어도 잔잔한 감동을 전할 수 있다는 생각에 책을 내도 되겠다 싶었다.

사람이 한평생을 살면서 인생의 부침이 없는 사람이 어디 있으랴.

하지만 위기와 역경을 이겨내고 그 순간들이 선한 영향력으로 이어진다면 결코 헛된 인생이 아니다. 바로 이 책의 주인공이 그런 셈이다. 어디 그뿐인가. 그분의 살아온 삶을 책으로 내드리고 싶었던 저자의 갸륵한 마음을 어디 소홀히 할 수 있겠는가. 나는 이 책을 통해서 저자가 못내 보내지 못했던 엄마를 이제 놓아주면 좋겠다는 바람이 있다.

그리고 부디 이 책을 읽는 분들이 자신감을 다시 한번 회복하고 더욱 행복하게 사시기를 바랄 뿐이다.

말씀

– 리을

에미야

젖은 옷 입지 마라

그래야 누명 안 쓰고 산다

에미야

부뚜막은 물기가 없어야 한다

그래야 빛 안 지고 산다

에미야

행주는 꼭 짜서 말리거라

그래야 애비가

술에 젖어 들어오지 않는다

자귀 꽃

— 리을

민들레 홀씨 먼 하늘 떠돌다
자귀나무에 앉아 꽃이 되었습니다

연분홍 섬모 풀풀 날리며
스스로 돌아와 자귀 꽃으로 피었습니다

어린 시절 데부뚝서 헤엄치다
가만히 물에서 본 아슴했던 꽃

돈암서원 지나 과선교 근처에
무더기로 피었습니다

세상 건너가면서 그 꽃만
멀어진 게 아니었습니다

담장 너머 서 계시던 엄마
자귀 꽃 닮은 브로치 하나
달아주고 싶었습니다

차례

Part 2

삶을 노래하다 - 이선형 시 모음

Part 3

평소 우리 엄마가 좋아했을 글

Part 1

가슴속 깊은 믿음,
어머니의 삶과 기도

어머니, 그 깊은 사랑과 인내

어머니는 스물한 살에 시집오셔서 우리 육 남매를 낳으셨습니다.

부모님을 일찍 여의신 탓에 할아버지 손에서 자라난 종가의 장손 아버지한테 오신 어머니는 명절 말고도 일 년 제사를 열세 번이나 지내야 했습니다.

섣달 제사 때는 너무 추워서 아궁이 앞에서도 오돌오돌 떨어가며 제삿밥을 해내셨답니다.

어머니는 기독교 집안에서 모태로부터 삼대째 신앙을 이어받은 분이십니다. 그러니 두 집안의 종교적 문화 차이가 어머니 믿음을 대뜸 숨죽이게 한 건 분명한 사실입니다.

하지만 고된 세월을 살아낸 건 역시 억눌림 속에서도 끝내 저버리지 않았던 신앙의 힘이 컸기 때문이라 가끔 말씀하셨습니다. 정신력으로만 버티기에는 참 힘에 부친 시집을 사셨다는 것의 증거인 셈이지요.

어머니는 시집오고 칠 년 만에 중풍이 드신 시할아버지 대소변을 삼 년간이나 받아 내셨습니다.

고령인 데다가 수족까지 불편해지신 할아버지를 부축해서 진지를 떠먹이셨던 어머니. 할아버지가 친아들 며느리를 마다하고 굳이 손주며느리의 시중을 원하셨을 때 당장은 힘든 마음에 원망하셨답니다. 하지만 할아버지의 속뜻이 깊으셨음을 알고 난 뒤 차차 편해지더라, 하셨습니다.

할아버지는 대지주는 못 되셨어도 들어오는 소작료는 꽤 되었습니다. 그러면 쌈지 속에 포개두었다가, 고기가 먹고 싶으니 해달라며 이따금 어머니에게 주셨답니다.

평소 육식을 즐기시지 않던 할아버지는 늘 심약한 당신 손주로 인해서 마음고생까지 하는 손주며느리의 안쓰러움을 그렇게 달래셨던 모양입니다.

대소변을 가리지 못해 버려진 고의적삼을 매일 갈아입혀야 했던 어머니. 한겨울이면 꽁꽁 언 냇물의 얼음을 돌멩이로 깨트려 가며 빨아서 언 손이 빨갛게 부어올라도, 오로지 신앙으로부터 받는 위로만이 큰 힘이었답니다.

비에 젖은 콩

잠시 아버지 이야기를 좀 할까 합니다. 어머니가 겪으며 살아왔던 삶에 관한 이해를 돕고자 큰 필요성을 느끼기 때문입니다.

장날 장에 가려 준비한 어머니는 염려스러워 아버지한테 말씀하셨답니다.

"하늘이 좀 흐리네요. 비가 올지 모르니 마당에 널어놓은 콩 좀 잘 지켜보셔요."

알았노라고 선뜻 대답한 아버지를 뒤로하고 안심한 채 장에 가신 어머니.

돌아올 무렵 영락없이 비가 내렸답니다. 급히 돌아와 보니 마당에 널린 콩은 그대로 비에 젖어 있었고, 아버진 생각에 잠긴 듯 골몰한 표정으로 마루 끝에 앉아계시더랍니다.

그 모습에 순간 화가 치민 어머니가 버럭 큰 소리가 나오더랍니다.

"비에 젖도록 콩은 안 거둬들이고 뭐하셔요!"

그러자 아버지는 조금도 전혀 민망찮은 얼굴로 대답하시더랍니다.

"잘 지켜보라고만 했지, 언제 거둬들이란 말은 안 했잖아."

그리고 또 언젠가는 타작한 걸 헛간으로 들이는 중 자전거 타고 마실 갔던 아버지가 들어오시다 그 장면을 보더니 그대로 한 바퀴를 휘 돌아서 나가시더랍니다.

간혹 한 번씩 웃지도 울지도 못할 그런 아버지 행동에 어머니는 책임성 있는 용기를 더 가져야 했답니다.

할아버지가 돌아가신 직후 부쩍 허약해진 아버지 탓에 정신적 고달픔은 연이어졌습니다.

남새밭을 매다가도 약탕기가 졸아들까 종종걸음치면서 뜻을 받아 냈지만, 병명이 육종암이었던 아버지는 한쪽 다리가 상하는 만큼씩 세 번을 절단해야 했고 경제력이 없던 어머니는 궁여지책으로 전답을 필요한 만큼씩 팔아야만 했습니다.

가까이에 사는 큰이모가 사정을 잘 알고 안타까워하실 때마다, 이미 벌어진 마당에 더 대수라 한들 무슨 걱정이냐며 오히려 당신 언니를 위로하셨던 어머니.

넓은 대청마루를 온통 울음 장으로 만들었다던 할아버지 때와는 상반된 반응으로 아버지가 돌아가신 후에도 꼿꼿함을 보이셨고, 당신 소생 어린 육 남매만 당장 눈앞에 챙기기에 급급하셨습니다.

아버지 장례를 치른 얼마 후 어머니는 종가에 종손부 입장으로는 감히 상상도 할 수 없고 해서는 안 될 용단을 내리셨습니다. 종답을 포기하는 조건으로 모든 제사를 작은집에 넘김으로써 그간 무심할 수밖에 없었던 신앙의 양심을 찾았기 때문입니다.

이쯤에서 간직한 글 중에 한 편을 보이고자 합니다. 앞서 말씀드릴 것은 어머니에 대한 이해를 돕고자 함이니 부디 읽어주시길 바랍니다.

어머니의 삼탐(三貪)

돌과 바람과 여자가 제주도의 '삼다(三多)'라는 걸 모르는 이는 없을 것이다.

그러나 우리 집에도 '삼탐(三貪)'이 있다는 걸 아는 이는 별로 없다.

바로 우리 어머니의 '삼탐'이 그것인데 꽃, 옷, 구두이다.

우리 집 화단은 봄만 되면 꽃들의 잔치 장이 된다.

안면도 꽃 박람회가 있었을 무렵 "멀리 갈 거 없이 강 권사님 댁으로 가십시오"라고 목사님이 농담하실 정도로 갖은 꽃이 만발한다. 그렇게 되기까지는 오로지 우리 어머니의 공이심은 두말할 여지도 없다.

어머니는 예쁘다고 생각되는 꽃이 있으면 무조건 사 들고 오신다. 사흘 전에도 오일장에 가신 어머니는 빨간색 꽃잎들이 졸망졸망한 꽃나무를 사 들고 오시더니 스스로가 흐뭇한 표정이시다.

그리고 꽃나무는 어김없이 화단에 옮기어졌다. 어머니는 화단의 꽃들 이름도 다 기억하지 못하고 계시다.

그뿐만 아니라 오밀조밀해서 모종할 자리마저 비좁다는 꽃나무들 아우성판에도 어머니의 꽃탐은 아무도 말리지 못한다.

그리고 어머니는 옷을 탐하신다.

화려한 무늬나 원색 옷은 디자인도 보지 않고 무조건 사신다. 그래서 어머니 장롱에는 무색보다 화려한 색상의 옷이 거반이다.

어버이날 넷째가 새 옷을 사 왔는데 은은한 색상이 보기에 좋은 듯했지만 시큰둥해 계시던 어머니는 이틀 뒤 결국 바꾸시고 말았다. 그러고 나서 한 벌 값으로 화려한 색상의 옷을 두 벌 얻었다고 좋아하셨다.

어머니가 잘 아시는 분 중에 옷 보따리를 이고 다니며 파는 분이 계시는데 그분은 어머니 비위를 잘 알아서 그냥 간 일이 거의 없다.

어머니는 간혹 사진 찍을 일이 생기면 빨갛거나 초록색 옷을 고집하신다. 그래야 사진이 예쁘게 잘 나오기 때문이라고 말씀하신다. 최근 어머니 사진 중에는 무색옷을 입은 모습은 찾아볼 수가 없다.

또한 구두도 여러 켤레로 많은 편이다.

그러나 구두만큼은 검은색 계열을 신으신다. 구두가 화려한 것만큼 촌스러운 건 없다는 게 어머니 지론이시다.

하지만 검정 구두에 화려한 차림의 어머니 모습은 어색한 느낌뿐이다. 그래도 당신만 편하시면 그만이다.

어머니는 보통 집에서 신는 신발도 여러 켤레가 놓여있어야 안심하신다. 그로 인해서 댓돌은 어머니 신발이 다 차지하고 식구들 것은 마루 밑에 숨겨놓아야 한다.

간혹 식구 중 누군가 당신 신발을 신게 될 양이면 "네 신발을 두고 왜 내 걸 신느냐?" 핀잔하신다.

그러나 손자만은 예외이다. 손자가 당신 신발을 직직 끌고 다녀도 그것만큼은 "아이고, 우리 복덩이! 할미 신발 신었네!" 하고 용납이 될 뿐만 아니라 마냥 좋아만 하신다.

신발 탐 또한 어머니께는 없어서는 안 될 즐거움 중의 하나이다.

어머니의 그런 탐에 대해서 참 유별하다고 생각한 적이 있었다. 그러나 금방 공감할 수 있었다.

바로 어머니가 살아오신 삶을 되짚어 본 후에 얻은 순간적인 깨달음 때문이다.

시집오신 후 칠 년 만에 중풍 든 할아버지 시중부터 들어야 했던 어머니.

그렇게 시작했던 시집 살림은 편할 새가 없었다. 더군다나 삼 년 만에 할아버지가 돌아가신 직후 아버지의 발병은 어머니에게는 참 아연한 것이었다. 긴장 속에서 아버지 병수발로 십수 년간 이어 사셨다.

그러니 꽃 내음 한번 제대로 맡을 여유가 없었음은 당연지사였다. 거기다가 그 와중에 겪었던 일은 심적인 압박까지 가해졌다.

심성이 모질지 못했던 아버지가 남의 빚보증을 마다치 않고 서주셨던 까닭에 선산까지 남의 손에 넘겨야 하는 일을 몸소 감당해 냈던 어머니.

그로 인해 생활고에 시달리게 되었고 옷 한 벌, 구두 한 켤레 장만할 엄두도 낼 수 없는 현실로 하루아침에 돌변상황이 된 셈이다.

그러나 어머니는 참아내셨다.

어떤 경로로 장만하셨는지 알 순 없지만, 누우신 아버지 옆에 돌아앉아서 새 구두를 만지작거리던 모습이 생각날 때가 있다. 그럴 때면 은연중 맺힌 한을 풀고 계신 것 같아서 언짢기도 하다.

하지만 어쨌든 지금 어머니는 화려한 옷과 멋쟁이 구두가 여러 켤레에다가 봄이면 갖가지 꽃이 만발하는 화단을 갖고 계신다. 이제야말로 당신만의 기분으로 호강하고 계신 것이다.

어느 사람도 개입할 수 없는 특권인 듯싶다.

다만 어머니의 여생이 무병하시기를 간절히 기도드릴 뿐입니다.

읽어주셔서 감사합니다.

연산 고향식당,
어머니의 도가니탕 이야기

사는 동안 정신적으로 고되긴 했지만, 그럼에도 불구하고 풍족한 삶을 살아온 어머니는 생일을 제대로 기념한 적이 없었습니다. 그런 어머니가 당장 남의 밭일을 나갈 때 보이는 작은 체구는 보기만 해도 불쌍했습니다.

하지만 오래지 않아 날품으로 육 남매의 자식을 먹이기엔 역시 무리라 판단한 어머니는 아는 분의 권유로 보험회사 영업직을 원했지만, 그마저 여의찮아 결국 살림집을 개조해서 식당을 개업하셨습니다.

그러나 위치가 길가라 해도 좀 외진 곳이다 보니 메뉴를 정하는 것부터 신중해야만 했습니다. 여러 번의 시행착오 끝에 결정한 것이 서문에 말씀드린 것처럼 어머니를 인정받게 해준 바로 그 음식 '도가니탕'이었습니다.

하지만 이 또한 역시 만만찮았습니다. 워낙 소량으로 나오는 것이다 보니 구하기 힘들었기 때문이지요.

어머니는 시장 정육점마다 찾아다니며 부탁하셨고 그 결과 거래처를 확보할 수 있었습니다. 이후 장사는 어느 정도 여유를 가질 만큼은 되었고 손맛 좋은 어머니의 김치, 깍두기가 한몫해 주었습니다.

메뉴가 오직 한 가지뿐으로 독특한 탓인지 장사는 그런대로 호황을 누렸습니다. 하지만 마음까지의 여유는 아니었습니다.

잘된다는 소문 탓인지 그간 느슨했던 빚 독촉이 서로 앞을 다퉜기 때문입니다. 이자가 조금만 늦어도 새벽과 밤을 안 가리고 전화를 해대는 빚쟁이로 인한 괴로움은 여간 아니었습니다. 누적된 이자는 또 다른 목돈이 되어 이자를 덧붙여서 부담을 주었습니다.

누구의 도움도 없이 힘든 생활이었지만 어머니의 지탱은 역시 교회였습니다. 말씀에 위로받고 기도로 힘을 얻으셨습니다.

어느 날 말씀하셨습니다.

"하나님이 빚 갚아주실 거야."

얼른 물었습니다.

"응답받으셨어?"

"응!"

반가움에 재차 물었습니다.

"언제쯤?"

"기다려 봐."

어머니의 진지함에 금방일 줄 알았습니다.

하지만 너무 긴 세월을 참게 하셨습니다. 지루함에 쏟아 놓은 불평불만은 태산만큼 돼서 훗날 회개하기에 충분한 밑천이 되었습니다.

다시 어머니를 대변한 글로 이해를 드리고자 합니다.

풀매기 (부제: 어머니 기도)

연일 내려준
빗물 여세로 웃자라서
기고만장한 것은
여지없이 심기를 자극합니다. 이내,
허리끈 질근 동여매더니
이랑이 길기도 한 텃밭 초입에 자리를 잡고

서두르지만

세상이 챙기는 나이

그 맛없는 것을

행여 허기라도 달래질까

족족 받아먹은 게 탈이라서 노쇠한 건지

느릿느릿

이랑 끝에 다다라서

가쁜 숨을 내뱉고 돌아보면

그새 삐져나와서 널브러진 것들 장난에

노여운 어머니

호밋자루 고쳐 잡고

더운 바람 뒷심만 믿고 질척대는 성가신 땀을

평생을 살도록

굽어살피는 하늘에 일러바치며

자신하는 건강

가는 팔뚝에 툭 불거진 힘줄로 풀을 맵니다.

읽어주셔서 감사합니다.

열심히 해도 하루 물량에 한계가 있던 식당 장사는 빚에 대한 부담은 덜어주지 못했습니다.

급기야 마이너스 통장을 개설하셨고 대출받은 돈으로 급한 빚 일부를 추리셨습니다. 살면서 처음 손에 쥔 통장이 대출을 목적한 것이라 속상하기만 했습니다.

애면글면 가르친 아들 대학 졸업식 날, 어머니는 홀가분함에 웃으셨습니다. 하지만 아직 뒷바라지가 남은 막내딸 생각에 마냥 편할 수만은 없었습니다.

"대학 문안에 들어와 봤으니 그만 취직하면 안 될까?"

은근히 권했다가 당장 코앞만 보지 말라는 막내딸 고집을 굳이 꺾진 않았습니다.

육 남매 중에 막내라서 아버지 정과 혜택을 제일 조금 받았다는 이유로 마냥 애틋한 어머니. 자식 사랑은 한 번, 막내는 다 커도 여전히 막내였습니다.

"개가 짖어도 기차는 간다"라는 말이 있지요. 꼭 맞는 말 같습니다. 온갖 탈과 트집에 아랑곳없이 흐른 세월이 버젓이 막내 졸업식장에 와 있었기 때문입니다.

부담을 벗은 홀가분함에 어머니는 "이제 돈 벌어서 엄마한테 진 빚 좀 갚아야지?" 했다가 "엄마, 곧 선교지로 떠나요."

대뜸 기대를 무너트린 막내가 섭섭했던지 한동안 말이 없으셨습니다.

하지만 그 딸이 기쁨을 준 건 멀지 않아서였습니다. 아들과 막내가 한 해에 두 달 사이로 결혼하면서 목회자를 사위로 맞았기 때문입니다. 또한 막내와 같이 사역했던 아가씨를 며느리로 들이면서 기쁨은 더했습니다.

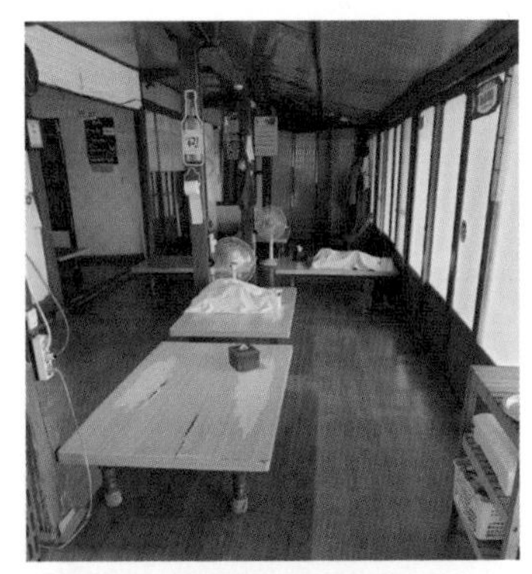

역경 속에서 얻은 축복과 행복

하지만 마냥 좋을 수만은 없었습니다. 여유 없이 잇따른 혼사를 치르면서 새로 얻은 빚이 기존의 것과 합세해서 대단한 무게로 짓눌렀기 때문입니다.

어머닌 더 어찌할 수 없는 상황에서 할아버지 시절 행랑채가 있던 자리를 팔기로 하셨습니다. 한 필지로 돼 있는 집 마당을 갈라 판다는 건 결코, 상상도 할 수 없는 일이지만 다른 방법이 없었습니다.

계약 후에야 분리 이전이 쉽지 않은 걸 알았습니다. 불안한 상대는 계약 해지와 함께 손해배상을 요구했고 그도 아닐 시는 해결 전까지 우리가 소유한 지분 중에 남은 절반을 더 가등기해 달라는 조건을 제시했습니다.

결국 그래야 했습니다. 하지만 계약 만료일인 일 년 후까지도 해결은 되지 않았고 결국 사기 친 결과가 되고 말았습니다. 상대가 재판을 걸어와 얼마나 당황했나 모릅니다. 재판 날이면 그 몫을 감당한 건 저보다 한 살 아래인 동생이었습니다.

재판 후 판결은 전체를 팔아서 서류상 각자의 지분을 찾으라는 것이었습니다.

소문은 빨라서 "저 집은 빚 때문에 집까지 빼앗길 처지"라 수군거렸습니다. 정 없는 인심이 야속했습니다. 괜한 불만이 어머니를 향했습니다.

"우리한테 왜 이런 창피까지 당하게 해요?"

순간 "야, 이년들아! 네 년들 먹이고 입히느라 얻은 빚이다." 절절히 옳은 소리에 할 말이 없었습니다.

이런저런 과정을 거쳐서 지분 전체가 경매에 부쳐졌고 되찾을 여력이 없는지라 소유한 지분까지 넘겨야 했습니다. 그로 인해 당장 시달림은 없어졌지만, 오 대째 살아온 집이 온전히 남의 걸로 인정되었습니다.

상대는 집을 비워달라 요구해 왔습니다. 하지만 살아야 했습니다. 결국 타협안으로 삼인 가정이 아끼면 살 수 있는 한 달 생활비만큼의 월세를 주는 조건으로 우선 해결했습니다.

일 년쯤 지나자 월세를 더 올려달라 요구했습니다. 대단한 부담이었습니다.

범사에 감사하라! 평소 어머니가 신조로 삼고 있는 구절입니다. 순간 뒤틀린 감정에 비웃고 말았습니다.

"이래도 그 감사가 나올는지 몰라."

"그렇다. 왜? 어쩔래?"

갑자기 어머니의 싸울 듯한 기세에 놀라고 말았습니다. 언제부턴가 상대가 누구든 조금만 거슬려도 격한 반응으로 사납게 변해가는 어머니가 못마땅했습니다.

한참 어려운 중에 막내한테서 연락이 왔습니다.

기도 중에 하나님께서 "네 어미가 노년에 받을 복이 있다." 하시더랍니다.

"칠십이면 이미 노년인데 얼마나 더?!"

의아한 반문에 막내가 말했습니다.

"때에 이뤄질 거야."

순간 오래전 빚 갚아주겠단 응답을 받고도 여태인 어머니 생각에 답답하기만 했습니다.

"글쎄 그게 언제냐고?"

거의 짜증 섞인 말투에도 막내는 오히려 차분하게 말했

습니다.

"아브라함도 백 세에 응답받았잖아."

목회자 사모 입장에서의 습관적 위로라는 느낌에 서운했습니다.

그 뒤 있었던 일화를 소개할까 합니다.

"하나님은 어째서 때만 주장하시지?"

제 불만에 밑의 동생이 맞장구를 쳤습니다.

"정말 이기적이셔. 안 그러면 삐치기나 하시고."

그냥 주고받은 대화에 하나님이 그토록 노하실 줄은 미처 알지 못했습니다.

며칠 뒤 막내한테서 또 연락이 왔습니다. 새벽 기도 중 그 장면을 보여주시며 "네 언니 둘이 나를 만홀히 여겼다. 그러므로 준비한 복을 거두고 싶은 심정이다." 하시더랍니다.

정말 불꽃 같은 눈동자로 지켜보는 분이셨습니다. 더할 수 없는 두려움에 절박한 회개가 터졌습니다.

그런 후 응답을 받기까지 꼭 십 년이 걸렸습니다. 처음 빚을 갚아주겠다 약속받은 후 기간까지 합치면 거의 이십 년을 기다린 셈입니다.

그런 중에 있었던 일을 부분이라도 설명한다면 군짓이 아닌가 싶습니다. 왜냐면 모든 날 모든 일마다 주신 적절한 은혜로 극복했음만 알려도 충분할 거란 판단이 섰기 때문입니다.

이제 하나님께서 약속하고 주신 우리 어머니 노년의 복을 말하고자 합니다. 그러기에 앞서 평소 어머니를 대변한 글로 또 한 번 이해를 드리고자 합니다.

항아리

어머니 시집올 때 있었다는데
이제 백 년이 넘었을까?
궂은 눈비 바람을
묵묵히 견뎌오다 더는 지치었는지
어느 해
금 가버린 몸통을
굵은 철사로 동여 줬더니
김장철이면
왕소금을 받아서 담고
깔깔이 배어드는 아픔에 눈물을
겨우 아문 틈을 비집고
찔끔거릴 뿐
사시사철 파란
하늘을 머리에 이고
그 벗 삼아서 위안인 양
의연합니다.

읽어주셔서 감사합니다.

방송의 기적,
어머니 믿음의 승리

"고진감래"라는 좋은 글귀가 있지요. 하지만 너무 힘든 사람한테는 별 의미가 없을 듯싶습니다. 이러고 저러고 할 만큼의 여유가 없기 때문입니다.

급기야 파산신청을 결심하고 말았습니다. 오랜 기간 누적된 빚의 무게를 더는 감당할 수 없어 내린 수단인 셈입니다. 그런 뒤 저만큼 앞서 있는 홀가분함을 은근히 엿보았습니다. 속을 알아챘다면 누구라도 비웃었을 일이지요.

그 찰나에 낯선 손님이 찾아왔습니다. 자신이 모 방송국 먹거리 프로 피디임을 알리며 출연을 요청해 왔습니다.

순간 대박을 예감했습니다. 프로의 명성을 잘 알았기에 얼마나 반갑던지요.

하지만 어머니는 대뜸 거절부터 하셨습니다.

"싫어!"

"왜요, 할머니. 이거 좋은 거예요."

당황한 피디가 얼른 말했습니다.

“글쎄, 좋은 거 나도 알아. 그래도 싫어.”

그때 실망한 빛이 역력한 피디의 얼굴이 어쩌면 제 마음을 대변한 듯했습니다.

“할머니, 내일 다시 올게요. 생각해 보세요.”

선뜻 물러서지 않을 듯한 피디 태도를 보고서야 겨우 안심했습니다.

“아니, 올 거 없어. 열 번 생각하고 백 번을 생각해도 싫으니까.”

돌아서는 피디를 향한 어머니 말은 냉정했습니다.

그런 후 설득과 고집의 대립은 며칠을 두고 이어졌습니다.

어머니가 거절한 정확한 이유는 도가니의 양 때문이었습니다. 제대로 양을 공급할 수 없는 상태에서 방송 후 몰려들 손님을 미리 걱정한 거였습니다.

결국 기도 많이 하는 셋째와 사모인 막내한테 합심 기도를 부탁했습니다. 두 사람의 기도에 대한 응답은 거의 같았습니다. 하나님께서 “전국망을 뚫어주겠으니 염려 말라.” 하셨다는 것입니다.

어머니한테 주신다던 노년의 복임을 대뜸 알았습니다.

그런 이유로 어머니를 설득하며 내심 좋기만 했습니다.

결국 피디의 노력과 딸들의 등쌀에 어머니는 항복하듯 고집을 꺾으셨고 한창 추운 겨울, 처마 끝에 굵은 고드름이 무게를 못 이긴 듯 뚝 떨어지는 장면부터 촬영은 시작되었습니다.

처음 도가니를 구입하고 손님상에 오르기까지의 과정을 세심하게 찍는 동안 이삼일이 걸렸습니다.

급기야 방송 날이 결정되었고 피디는 간곡히 부탁했습니다.

“방송 후를 대비해서 물량확보를 해두세요.”

전혀 예측도 못 한 방송국 사람의 친절함에 저절로 감사가 나왔습니다.

2013년 1월 초 갑자기 몰려들어 줄 선 손님을 보고 어기지 않고 이루신 하나님의 뜻임을 확신했습니다.

이후 방송을 본 이곳저곳 지방 육가공의 연락으로 물량이 채워지기 시작했습니다. 전국망을 뚫어주겠다던 약속이 이루어진 것입니다.

장사는 잘되어서 오전 열한 시에 문을 열기도 전 몰려든 손님들로 늘 북적거리는 주차장은 장터를 연상케 했습니다. 말 그대로 대박임을 실감했습니다. 연일 많은 손님을 감당하기 위해 두 명의 직원을 채용했습니다.

하나님의 뜻이 흥하길 원하심이지 결코 쇠함이 아니란 걸 깨닫고 감사한 어머니는 미자립 교회와 아프리카에 후원을 시작하셨습니다.

후원 단체에서 보내온 이방 아이의 사진을 걸어놓고 "아이고, 이놈아. 지금부터 너는 내 손자다." 하며 흐뭇해하시던 어머니 웃음이 지금껏 선합니다.

어머니가 담근 김치, 깍두기 맛은 일품으로 손님들의 호감을 샀습니다. 그로 인해 도가니탕 인기가 더 많아진 듯도 합니다.

날로 불어나는 통장 돈을 보면 얼마나 좋던지요. 빚 갚는 일이 즐겁기만 했습니다. 어머니는 나이 많은 분의 빚부터 해결하셨습니다. 젊은 사람보다는 생이 짧을 수 있기에 한을 남기지 않기 위함이었습니다.

비록 몸은 고됐지만 편한 마음은 살맛을 느꼈습니다. 1년에 걸쳐 그 많은 빚을 청산 후 시세로 2억이 훨씬 넘는

집을 되찾기까지 꼬박 5년이 걸렸습니다.

이는 작정하신 분의 은혜로 기적 중의 기적이었습니다. 그래서 미쁘신 그분, 하나님을 맘껏 증거했습니다.

그러나 자제의 필요성을 깨닫기도 했습니다. 때론 과한 자랑거리로 비웃음 샀기 때문입니다.

봄 마당

1. 무렵이 되면
   엄마는
   텃밭에 밑거름을 치고
   갈아엎어서
   하지 감자 씨부터 묻습니다.
   그 엄마의 딸은
   뒤질세라
   밭두렁에 옥수수를 심습니다.

2. 밑거름 단맛에
   뽀얀 알맹이가 뚱뚱해지는 살을
   차진 흙이 다듬어줘

매끈한 하지 감자와

꽃술에 취해도 꼿꼿이 서 있다가

수염이 고스러져서 여물릴

옥수수 생각에 여념이 없는 봄은

삼사월 긴긴날을

끄떡없이 견뎌냅니다.

3. 날아도는 새들이

내갈긴 똥 냄새를 맡고

웃자라서 너풀너풀한 밭풀이

따가운 볕에 치어

축 늘어진 처지라 해도

이미 땅내 맡아버린 호미 끝은

피해낼

도리가 없습니다.

4. 텃밭을 가꾸는 봄은

그 딸과 엄마가

같이해서 심심치가 않습니다.

툭하면 송골송골

맺힌 땀이 덥게 하지만

살랑바람이 있어서 괜찮습니다.

상추랑 쑥갓, 풋고추, 열무가

풋풋해

더욱 좋습니다.

대박 이후 여유를 표현한 글인데 읽어주셔서 감사합니다.

어머니의 병상과 우리의 기도

오후 두 시경이면 하루분의 물량이 소진되므로 장사를 마감해야 했고 내일 준비로 바빴지만 좋기만 했습니다.

그런 중 언제부턴가 어머니가 눕는 일이 잦아졌습니다. 하지만 부쩍 늘어난 일에 고된 탓이라 여겼을 뿐 속에서 지쳐 있음을 알지 못했습니다.

팔십 나이에도 근 이백 명에 가까운 손님을 몸소 치러가며 강단진 모습을 보였기 때문입니다. 몸이 점점 말라감에도 그래서 힘에 겨운 탓이려니 했습니다.

어느 날은 방문 고리를 쉬 잡지 못하고 더듬거림을 보였습니다. 가끔 화장실 앞에서 서성거리셨습니다. 그 모든 게 탈의 시작임을 전혀 눈치채지 못했습니다.

급기야 탈진한 어머니를 병원에 모시고 갔습니다. 그러고 나서야 혈관성 치매가 이미 진행 중임을 알았고 평소 약했던 심장마저 악화해 있음은 엎친 데 덮친 격이 되고 말았습니다.

평소 어머니는 어려운 사람을 알게 되면 사명처럼 도가니탕을 배달하셨습니다. 물론 어머니와 같은 연배라면 그 시대적 가난이 유산으로 물려준 온정을 다 품고 계실 줄 압니다. 하지만 우리 어머니는 참 유난하다 싶을 정도였습니다.

때론 "어지간히 좀 해요. 예수 믿는 티를 그렇게 내고 싶어요?"라는 엉뚱한 말로 놀리기도 했습니다. "그러다 오해 살 일이라도 생기면 그래서 좋은 게 뭐 있느냐?"며 겁 없이 비웃었습니다.

하나 얻으면 두 개 세 개로 돌려줘야 편한 성격이 싫어서 괜한 트집을 잡기도 했습니다. 암만 그래도 어머니의 그런 고집을 꺾진 못했습니다.

그렇게 꿋꿋하게 받아 낸 복을 채 누리지 못하고 아픈 어머니가 너무나 큰 슬픔을 주었습니다.

문득,

"사랑하는 자여, 네 영혼이 잘됨같이 네가 범사에 잘되고 강건하기를 내가 간구하노라." – 요한3서 1:2

말씀이 떠올랐습니다.

어머니가 아픈 건 분명 주님의 뜻이 아닐 수 있다는 스스로의 판단이 용기를 주었습니다. 그래서 떼쓰듯 기도했습니다.

"우리 어머니 빨리 낫게 해주세요. 이제 겨우 빚 갚고 살만한데 아파요. 이건 아니잖아요. 우리 엄마 강월영 권사가 어떻게 살아왔는지는 하나님이 더 잘 아시잖아요. 노년에 여유를 주셨으면 좀 누리게 하셔야지요. 어떻게 이래요. 이러다 잘못되면 어떻게 해요. 정말 어떻게 해요."

아이처럼 떼를 썼습니다. 그런 중 막내인 사모한테서 또 전화가 왔습니다.

"네 엄마 금방 잘못 안 된다."

하시더랍니다. 문득 기도는 분명 내가 드렸는데 왜 너한테 응답하시나 모르겠다며 겉으론 심통을 보였지만 내심은 좋은 마음이 컸습니다. 그리고 깨달았습니다.

하나님께서는 때로 신실한 자를 통해 받는 위로가 얼마나 큰 것인지 잘 아신다는 사실입니다.

어머니는 우려와 달리 장사를 간섭하면서 일상 중 안심을 주셨습니다. 하지만 스스로 애쓰심은 오래가지 못했습니다. 한밤에 자는 중 벽 하나를 사이에 두고 있는 어머니

방에서 갑자기 소리가 들렸습니다.

"왜요? 엄마!"

"변소, 변소."

이상하다 싶어 급히 가보니 이불로 감싼 뭔가를 품에 끌어안고 쩔쩔매며 앉아계십니다. 펼쳐보니 한밤엔 화장실 가기가 불편함에 늘 사용하시던 요강이었습니다.

순간 놀라움을 설명하라면 그냥 놀라움 그 자체라고밖에는 달리 표현법이 없습니다. 그렇게 되기까지 고달피 살았던 어머니가 안쓰럽고 또 안쓰럽기만 했습니다.

그 후 쇠약한 어머니가 겪었던 시련은 크기만 했습니다. 넘어져서 허리뼈가 골절되는가 하면 꼬리뼈까지 다치는 일이 생겼습니다. 그리고 급박한 심장병은 밤과 새벽을 가리지 않고 구급차를 부르게 했습니다. 그렇게 눕는 일이 잦아지면서 어머니한테서 다리의 힘을 빼앗기 시작했고 되도록 휠체어를 보행 수단으로 해야 했습니다.

어느 날 자다 말고 또 신음하셨습니다.

당장 할 수 있는 게 기도라서 어머니 손을 잡았습니다. 하지만 썰렁한 방 안에 단둘이란 것에 두려움부터 엄습했습니다. "하나님께서 주신 노년의 복이 이런 건가요."

겨우 시작한 기도가 대뜸 원망부터 토해냈습니다. 불안과의 대립으로 그러기를 얼마 후 뭔가 알 수 없이 묘한 기운이 서서히 스며듦을 느꼈습니다. 설명 못 할 평안이었습니다.

순간 감사함에 눈물이 절로 나왔습니다. 그때의 상황에 따라 알맞게 달래주는 하나님만큼 영리한 분이 세상 어디에 또 있을까요! 결단코 없음을 확신합니다.

어머니는 점점 희미한 기억 속에서 아이 같은 모습을 보이기도 했습니다. 티 없이 해맑은 얼굴로 손뼉을 치며 '하나님은 나의 목자'를 찬양하는 모습은 흡사 유치원생이었습니다.

마침 넷째의 친구이면서 믿음 좋은 권사님이 어머니 요양을 하게 되었습니다. 기도와 찬양으로 돌보는 권사님은 큰 의지였습니다. 요양보호사의 성실함에 위로를 받았습니다.

하지만 뜻하지 않은 일로 구급차를 불러야 했습니다. 권사님이 퇴근 후 침상에서의 낙상 사고로 고통을 호소하셨기 때문입니다.

진단은 고관절 골절이었고 수술 후 다시 병원 신세를 지게 되었습니다. 그리고 힘든 병상 생활은 엉덩이 쪽에 욕

창까지 만들어 주었고, 퇴원 후 점점 커진 상처는 병원 측 출장 의료인 가정간호사 도움까지 받아야 했습니다.

어쩌면 참 몰인정한 게 세상인 듯합니다.

어머니 소문을 이웃에서 이웃으로 퍼트렸기 때문입니다. 믿으면 복 받는다더니, 하나님이 있다면 왜 아프게 하냐는 등 제멋대로의 말이 들려왔습니다.

간혹 위중하다는 낭설이 떠돌았습니다. 난무함에 화가 치밀었습니다. 당장 어떻게 할 수도 없어 약이 올랐습니다.

삶

급자기 퍼붓는
소낙비에 젖어버린 행색이
후줄근해도

어느 땐
세찬 바람을 동반한
진눈깨비가 옷깃을 스미고 들어

벌벌

떨릴지라도

어쩌다

염치없는 구설에

물어 뜯겨서 생긴 이빨 자국이

걸핏하면

덧나서 욱신거려도

미쁘신 주님

그분이

내가 알고 있잖아, 다 보고 있잖아, 하시는

속삭임에

그저 사는 거라오.

읽어주셔서 감사합니다.

모태 신앙의 힘,
어머니의 일상 속 기도

치료를 위해 날마다 방문하는 가정간호사와 요양 권사님의 보살핌에도 점점 커진 상처는 깊게 파고들어서 하얀 뼈까지 드러냈습니다. 거의 두 시간에 한 번꼴로 자세를 고쳐 눕혀야 했고 기도만이 최선이었습니다.

그러던 중 아이 것처럼 작은 손이 상처에 하얀 약을 바른 뒤 잘 퍼지도록 문지르는 환상이 기도 중에 보였습니다. 그리고 며칠 뒤 누군가가 제 등을 토닥거리며 "감사, 감사 알지?" 마치 아이를 달래듯 했습니다.

순간 나을 거란 확신을 했고 걱정이 사라졌습니다. 그 후 서서히 좋아지면서 아파 누워있는 노인네 욕창이기에 힘들 거란 주변 우려를 무색하게 했습니다. 물론 어머니도 같이 회복될 줄 알았습니다.

그런데 아니었습니다. 상처 자리에 깨끗한 살이 보였을 즈음 어머니가 가셨기 때문입니다. 도무지 이해가 안 될 만큼 충격을 받았습니다.

하지만 오래지 않아 유한한 삶과는 별개로 숨 쉬고 사는 중에 받는 은혜란 걸 깨닫게 해주셨습니다. 분명한 기도 응답임에 감사했습니다.

식당을 살림집과 겸하다 보니 어머니 방에서도 손님 소리가 다 들렸습니다. 자주 눈감은 상태로 중얼거림을 보았습니다. 찾아주는 손님마다 고마워서 기도해 줌이라 하셨습니다. 간혹 단골 목소리가 들릴 때면 반가움에 웃기도 하셨습니다.

주일날 교회 가기 싫다 괜한 투정에 눈치를 보면 "가야해!" 단호하셨습니다.

그러나 기억이 깜박깜박할 때면 옛 기억만 새록새록하신 듯 어릴 적 친구를 찾으셨습니다. 어머니 두 친구분의 이름을 감히 거론해 봅니다.

허순임, 강삼순. 두 분의 친구와 같이 놀던 이야기를 곧잘 하셨습니다. 의자에 앉아서 아이처럼 두 다리를 흔들어 가며 동요를 부르기도 했고 요양 권사님과 같이 손뼉 치며 찬양하는 모습은 천진난만하기만 했습니다.

어머니는 그런 중에도 당신 나름의 철칙만은 잊지 않고

지키셨습니다.

귓밥은 꼭 둘째 딸이 파주는 걸 좋아했고 손톱 발톱은 넷째 딸이 깎아줘야 안심했습니다. 셋째의 맛있는 음식을 기다렸습니다. 아들과 며느리는 의지인 듯 바라만 봐도 웃으셨습니다. 그리고 사모인 막내는 재밌게 놀아주는 상대로 좋아하며 목사인 사위를 존경했습니다.

두 명의 친손자는 어머니한테 더할 수 없는 기쁨이고 자랑이었습니다. 그리고 자주 물으셨습니다. "우리 손자 다마손은 잘 있다더냐? 그 목사님한테 후원은 잊지 말고 꼭 하라." 하셨습니다.

어머니의 키

빛 좋은 날 나온 빨래
보송보송한 살결 드러내고
부신 눈 절로 감았다.

싱숭생숭 뜬 바람
건들거리며

빨래 마음 흔들어 댄다.

못내 바람난 빨래
울까지로 사뿐 날아 앉는다.
아이고, 걸렸구나.
까치발 들고서야 닿을 듯
어머니 작은 키를
빨래는 키드득 내려다본다.

세월이 길수록
닳아지는 어머니 키 높이
어메 우리 어머니
저러다가
저기 당 골 사는 난쟁이 아줌마
미수만큼 되겠네.

평소 건강한 어머니가 빨래 걷는 뒷모습을 표현한 시입니다. 읽을수록 그리운 그때입니다. 이제는 병원에 자주 입원하던 일마저 아쉬운 추억으로 남아있습니다.

어머니가 진정한 하나님을 언제 어떻게 만났는지는 모릅니다. 다만 모태 신앙인으로 꾸준하심에 그러려니 했을 뿐입니다. 그리고 장소, 때를 가리지 않고 보고하듯 기도하셨습니다.

한 예를 들자면 둘째인 밑의 동생은 자신의 코가 얼굴에 비해 큰 것을 어머니가 그렇게 만든 탓이라 자주 투덜댔습니다. 어머니는 일상 중에 그 말이 생각나서 기도했답니다.

"하나님, 우리 애가 코가 큰 걸 불평해서 참 성가시네요. 제발 코 좀 작게 해주셔요."

엉뚱하지만 참 진솔한 보고가 아니었나 싶습니다. 그러자 작은 신음마저도 외면치 않으심의 증거를 드러내셨습니다.

"그 코 내가 만든 작품이다." 하셨기 때문입니다. 그 뒤 동생의 불만은 해소되었습니다. 하지만 그 후에도 가끔 그랬습니다. 어쩌지 못할 인간의 결점인 듯싶습니다.

어머니가 자주 입원하는 동안 바로 밑의 동생 둘째 딸이 열심히 장사해서 번 돈으로 그 많은 입원비를 댔고, 제가 한 일은 겨우 어머니와 동행했을 뿐인데도 효녀 소리를 들었습니다.

그냥 했을 뿐인데 칭찬을 들으니 쑥스럽고 미안하기만 했습니다. 결국 어머니가 자식을 착한 효녀로 만든 셈입니다.

이쯤에서 동생을 주제로 내놓았던 글을 보여 드림으로 동생의 존재를 이해시켜 드리고자 합니다.

아우 언니

우리 형제는 딸 다섯에다 아들이 하나로 육 남매인데 그 중 나와 바로 밑의 동생이 한 살 터울로 연년생이다. 그런 탓에 상하 구분도 없이 티격태격했지만, 막상 힘을 합해야 할 일에는 서로를 챙겨줌으로 분명한 자매였다.

큰딸인 내가 약골인 것이 젖배 곯은 탓이라 판단하신 아버지는 훨씬 힘이 센 동생을 늘 내 옆에 따라붙게 하셨다. 언니 몫을 일찍 빼앗아 먹었다는 걸 이유로 들었지만 동생은 군말 없이 보호막이 돼주었다.

나와 동생은 한 해에 초등학교를 입학해서 육 년 내내 같은 반 한 책상에 나란히 앉아 공부하면서 어머니가 싸주시는 한 개의 도시락밥을 나누어 먹어야 했다. 그런 중에 참 웃지 못할 일은 밥 한가운데 까만 콩이나 김 등으로 줄을 만들어서 항상 각자의 몫을 구분해 주시곤 했는데, 늘 양보만 하는 동생 성격을 알고 있는 터라 식탐이 많은 나를 그런 식으로 미리 견제하신 것이다.

우리는 중학교도 이웃 지방에 있는 여중을 같이 입학해서 삼 년 동안 기차 통학을 하면서 쌍둥이라는 오해를 받을 정도로 붙어 다녔다. 어쩌면, 내가 동생의 보호를 받으며 쫓아다녔다는 표현이 더 옳을 성싶다. 유난히 약한 모습이 자칫 짓궂은 아이들의 놀림거리가 됐기 때문이다.

하루도 거르지 않고 새벽밥을 해주시던 어머니가 간혹 몸이라도 불편해지면 대신 동생이 바빴다. 어머니 대신 일어나 도시락을 챙기고 행여 통학차를 놓칠세라 늦장 부리는 나를 채근해서 역으로 뛰었는데 모르는 사람한테 비친 동생 모습은 영락없이 언니였다.

어느 날인가 늦잠을 잔 바람에 간신히 도시락만 챙긴 채 서두르는 와중이라 미처 양말을 챙겨 신지 못하고 말았다. 독하게 추운 새벽 겨울 날씨였지만 급해서 뛸 때는 알지 못했다가 막상 달리는 기차 안에서 여간 발이 시린 게 아니었다.

난방 시설이 썩 좋지 않은 완행열차이다 보니 애를 써도 견디기가 힘들었다. 급기야 빨갛게 얼기 시작한 발이 발가락 끝에서부터 감각을 잃어갈 즈음, 겁에 질린 나는 결국, 울음을 터트리고 말았다. 그때였다. 동생은 저 신었던 양말을 말없이 벗어서 내밀었다. 그래도 언니라는 자존심에 내키지 않아 도리질해 보였지만 거의 위협적인 동생의 얼굴에 그만 기가 죽어서 양말을 받아 신고 말았다.

그 일이 거론될 때마다 동생은 그 양말 덕분에 내가 동상에 걸리지 않았다고 은근히 꼬집곤 하는데 양말을 벗어주고 대신 발을 동동거리던 동생을 나약한 언니 입장이라서 어쩔 수 없었던 당시가 지금은 추억으로 웃음을 자아내게 한다.

동생은 지금껏 가까이에서 나를 챙긴다. 가령 꼭 긴요한 물건이 있어 살 양이면 어김없이 따라붙어서 마치 사명인 듯 참견을 한다. 무늬만 언니일 뿐 나는 동생의 도움으로 일을 해결해야만 안심하는 버릇이 은연중 생겨버렸다. 그 밑의 동생들도 혹 상의할 일이 있으면 작은 언니인 동생을 우선 찾는다. 어머니한테도 단 하나뿐인 아들 다음에 또 한 명의 아들로서 역할을 다하고 저세상에 보내드렸다.

가끔은 내가 챙겨야 할 몫을 빼앗기고 있다는 혼자 생각을 내색은 못 하고 언짢은 게 사실이다. 그럴 때마다 상한 자존심은 못마땅하다는 큰 글자가 적힌 피켓을 치켜들고 내면적 시위로 돌입해서 시무룩해지곤 했다. 하지만 금방 허사로 그치고 만다. 이를 눈치채고 언니로 대접해 주는 살뜰한 동생 앞에서 서운한 감정 따위는 이내 사라지고 말기 때문이다.

동생은 애초부터 통솔력을 타고난 듯하다. 모든 일에 주축이 되어 추진함에 당당할 뿐 아니라 여간해서 실수가 없다. 평소 속에 있는 말을 털어놓던 어머니, 살아가는 불편함을 하소연하는 밑의 동생들 뜻을 일일이 받아 가며 내 심약함까지 감싸주는 동생. 갓난아기도 있는 속을 울음으로 터트린다는데 내색 없이 차곡차곡 담아만 두는 심정이 얼마나 피곤할까 싶음에 안쓰럽기만 하다.

동생은 세 살 때 툇마루에서 떨어지는 바람에 심한 타격으로 골반 한쪽이 삐뚤어지고 말았다. 그러나 식구들의 무심한 반응 탓에 불균형인 그 상태로 성장을 하면서 유심히 눈여겨보아야만 겨우 알아볼 정도지만 한쪽 다리를 절고 있다.

가끔 그 다리에 힘이 없음을 호소하기도 한다. 이를 볼 때마다 어떻게라도 해주지 못함이 답답해 하늘에 기도드린다. 모든 걸 양보만 함으로써 자기 몫을 다 챙기지 않는 동생의 삶을 원하는 복으로 듬뿍듬뿍 채워주시기를.

아! 우리 어머니, 우리 어머니는 참 정직하셨습니다. 막상 글을 마치자니 참 아쉽습니다. 그래서 어머니에 대한 글을 좀 더 보여드리고 싶습니다. 그래서 어머니를 맘껏 자랑하고 싶습니다.

어머니의 가르침, 콩밭에서 배운 '정직'

초등학교 삼 학년 때로 기억되는 어느 날의 일입니다. 넷째 동생 손을 잡고 작은 집에 심부름 다녀오는 중, 길 중간쯤 언덕배기에 있던 누구네 것인지 모를 콩밭 옆을 지날 때였습니다. 구워 먹으면 맛있겠다는 동생의 말을 듣는 순간, 그럴듯한 언니가 되고 싶은 마음에 저도 모르게 콩을 따서 주머니에 욱여넣었습니다.

급히 집으로 오자 "잘 다녀왔느냐"는 어머니 말은 뒷전으로 두고 급히 부엌부터 들어가 화덕에 콩을 구웠습니다. 그을린 콩깍지에 입 주변이 온통 까매져도 맛나서 받아먹는 동생을, 내 딴에는 애정이 그윽한 눈으로 바라보고 있었습니다.

그러던 중 "이게 무슨 냄새냐?" 하며 생각 없이 들어오신 어머니, 어이없는 상황에 멈칫하셨습니다. 순간 자격지심에 눈치부터 살피는데 동생은 무슨 으쓱할 일이라고 자랑스럽게 말했습니다.

"엄마, 언니가 콩 구워줬어."

"콩이라니 무슨 콩?"

"작은할머니네서 오다가 어떤 밭에서 따왔어."

그 순간 상황 판단이 빠른 어머니의 금방 굳어진 안색을 살펴야 했습니다.

한바탕 불호령이 떨어질 줄만 알고 가슴을 바짝 졸이는데, 뜻밖의 태도로 남은 콩들을 주섬주섬 양재기에 담더니 내처 나를 일으켜 세우고는 "이거 가지고 가서 그 자리에 매달아 놓고 와"라고 엄하게 말씀하셨습니다.

"엄마 이걸 어떻게 다시 매달아…."

최대한 불쌍한 표정으로 말했지만 통하지 않았습니다.

"그러면 주인한테 가서 잘못한 거 용서를 빌어야지."

어머니의 단호함에 집을 나섰지만, 막상 콩을 들고 난감하기 짝이 없어 내키지 않는 걸음으로 가는 중인데 저만치에서 동생이 팔짝팔짝 뛰어오고 있었습니다.

'어디 가까이 오기만 해 봐라. 너 때문이야!' 하는 심통에 한 대 쥐어박을 기세로 기다렸는데 동생이 "나도 같이했다고 언니 따라갔다 오래" 하는 것이 아닙니까. 순간 천진함에 맥이 풀려서 동생 손을 잡고 가야 했습니다. 가는 내내 콩을 그 자리에 다시 매달아 놓을 수는 없는 일로 고민하다가, 결국 해서는 안 될 일을 하고 동생과 비밀로 하기로 공모하고 말았습니다.

집에 돌아오자마자 어머니가 물었습니다.

"그 자리에 매달아 놓고 왔어?"

"아니, 언니가 아줌마한테 가서 잘못했다고 했어."

동생은 사전에 일러준 것보다 더 천연덕스럽게 말했습니다. 어쩌면 그리도 영악하던지 그런 동생의 태도에 감탄하고 잘했다는 듯 은근한 눈치를 한 번 보이자, 그 풀로 흥을 더한 동생은 시키지도 않은 부분까지 알아서 말했습니다.

"그랬더니 용서해 줬어."

콩 덤불 속에 슬쩍 감추어 놓고 온 사실을 들켜 버릴까 봐 조마조마하다가 생각 이상으로 협조해 준 동생으로 인해 완전 범죄가 되었고 당장은 어머니가 속아 주셨다는 사실에 안도했습니다.

물론 콩을 다시 매달아 놓을 수 없다는 걸 모를 리 없는 어머니셨습니다. 단지 그런 식의 따끔함으로 정직을 일깨워 주셨던 것입니다.

그렇게 사리가 분명한 정직을 가르쳤던 어머니가 어쩌다가 그만 하나님한테만 간섭받아야 할 만큼 허약함도 보이실 때, 그 마음의 안쓰러움을 달리 표현할 길이 없습니다. 하지만 지금은 그마저도 추억으로 남아있습니다.

두 편을 더 보여드립니다.

중국 여행과 사랑의 선물

오래전 어머니가 4박 5일간의 중국 여행을 다녀오셨습니다. 그리고 처음 해외 나들이에서 겪은 여행담을 조목조목 풀어놓으셨습니다.

우선 만리장성을 자랑하십니다. 어쩌면 벽돌 한 장도 비틀어지지 않게 그렇게 높은 긴 성을 쌓았는지 놀랍더라면서 감탄하신 뒤, 한데 음식은 거반 기름기가 번들번들한 것이라 느글거려서 못 먹겠더라, 어떤 이는 미리 알고 고추장을 가져갔더라, 나도 깻잎장아찌라도 가져갈 걸 그랬나 보다 등등, 자랑거리로 입에서 침 마를 새가 없으십니다.

한창 신이 난 어머니 얼굴에 홍조까지 비치심에 저리도 좋았을까 싶었습니다. 듣긴 들어도 직접 경험이 아니라서 장단 맞추는 것일 뿐, 자식들은 여행 가방 안에 들어있을 그 무언가에 더 관심이 있었습니다.

그런 자식들 내심은 안중에도 없이 이야기의 밑천을 다

드러내고 나서야 "너희들 주려고 선물을 사 왔노라"며 주섬주섬 가방 안의 것을 꺼내 놓으셨습니다. 여행 중 갈아입어서 빨랫거리가 된 옷가지 속에서 털려 나온 작은 뭉치 하나에 나와 동생의 시선이 모아졌습니다.

급기야 검은색 봉지에서 풀려나온 건 진주 목걸이와 꽃핀이었습니다.

"이게 진짜 양식 진주라는데 한 개 값이 한국 돈 500원씩으로 싸기에 스무 개 사고 꽃핀도 예뻐서 열 개나 샀다." 하십니다.

나와 동생은 우선 호기심에 살피다가 대충으로도 가짜임을 확인하자 허탈한 심정으로 마주 보는데 어머니는 당신이 장한 일이라도 한 듯 의기양양한 표정을 짓고 계십니다. 순간 웃어야 할지 말지였습니다.

한데, 망설일 틈도 없이 성질 급한 동생이 그렇다고 이렇게 많이 사 왔느냐며 목걸이 장사라도 할 작정이냐고, 따지듯 말하고 말았습니다. 그러자 "저희 생각해서 사 왔더니 그런다"며 못내 서운함을 보이십니다.

욕은 누구한테 왜 먹었느냐는 역시 동생의 질문에 어머

니 말씀인즉, 상인이 목걸이를 사라 내밀기에 거절했더니 대뜸 욕부터 하더랍니다. 분명 중국말일 텐데 욕인 걸 어떻게 알았느냐고 다시 묻자, 어머니는 당신이 유일하게 알고 있는 중국 욕 하나가 있었는데 바로 그 욕이라서 얼른 사셨다 합니다. 순간 참지 못해 웃음을 터트리고 말았습니다. 한바탕 웃고 나니 그만 찔끔 젖어버린 눈에 비친 어머니의 얼떨떨한 표정이 여간 딱해 보이지 않았습니다.

얼른 꽃핀을 머리에 꽂아보고 목걸이를 걸어보는 등, 재롱 아닌 수선을 피웠더니 언제 그랬냐는 듯 어머니는 흐뭇한 표정을 지으셨습니다.

어머니는 그 먼 중국에서부터 선물을 사 들고 오는 동안 줄곧 상상하셨으리라. 그중 한 개는 며느리한테 주고 또 큰딸에서 막내딸에 이르기까지 각각 나누어 주며 받아 들고 좋아할 자식들 모습을 스스로 대견해서 보고 싶은 심정이었으리라. 문득, 생각이 미치자 여간 중한 선물임을 깨닫고 좀 전 일로 미안한 감정이 앞섰습니다.

결국, 진주 목걸이는 어머니 바람대로 이틀 뒤 주일날 집에 온 며느리와 딸들에게 하나씩 배급되고 남은 건 가까이 지내는 친근한 사람들에게 돌아갔습니다.

한데, 은근함을 양념처럼 곁들인 어머니의 고단수 사랑을 확인하고 말았습니다. 분명 똑같은 디자인에 같은 종류의 목걸이와 꽃핀을 특별한 듯 따로 포장해 와서 며느리한테 주셨기 때문입니다. 그 며느리 역시 장했습니다. 얼핏이라도 트집을 들추지 않고 대뜸 감사하며 받았기 때문입니다. 참 죽이 잘 맞는 고부간입니다.

꽃핀은 두어 번 사용했을 뿐인데 금방 망가져서 바다를 건너왔다는 사실이 창피할 정도로 엉성했습니다. 목걸이 또한 매듭이 튼튼치 못한 탓인지 얼마 되지 않아서 구슬이 바닥에 나뒹굴었습니다. 이를 보면서 파는 일에는 온갖 열심을 다 하면서도 진작 만드는 일에 책임감 없이 허술한 현지 상인에게 아쉬움이 드는 한편, 어쨌든 간에 어머니가 즐거움을 맛볼 수 있는 계기가 되었음에는 감사한 마음이 들었습니다.

이 글을 보여드리자니 그 시절 어머니가 새삼 그립습니다.

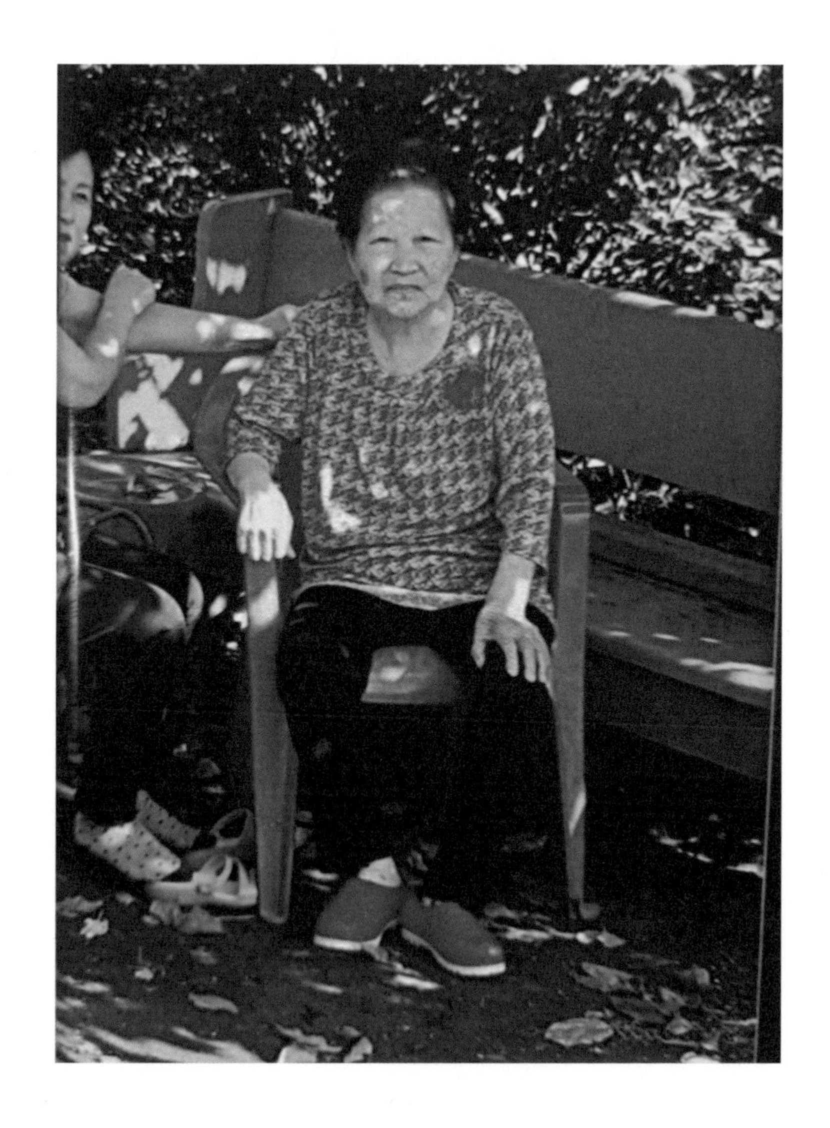

그리고 우리 어머니는 지혜로우셨습니다. (누가 뭐라 해도 제가 보기엔 그렇습니다.) 평소 잘 쓰시던 말 중 몇 가지를 예로 들어 어머니와의 추억을 공유하고 싶습니다.

어머니의 말과 그 숨은 의미

"수양산 그늘이 강동 팔십 리를 간다."

라는 고사성어를 자주 쓰셨습니다. 자식들한테 어머니라는 당신 존재를 알리고 싶을 때면 그런 은근함으로 약은 속셈을 보이셨습니다.

"외갓집 콩죽으로 사는 거 아니란다."

그러니 누구한테든 비굴하지 말라는 뜻으로 자주 말씀하셨습니다. 언제 어디서든 항상 당당해라 하셨지요.

"콩 심은 데 콩 나고 팥 심은 데 팥 난다."

네년이 암만 잘났어도 콩이 아니면 팥으로 태어났으니 땅콩처럼 살면서 비웃음 사지 말고 늘 겸손하라 하셨습니다.

그리고 "말이 많으면 허물을 면키 어렵다."

라는 잠언서 말씀을 예로 들면서 말 많은 푼수데기가 되지 말라 하셨습니다.

때론, "닭이 천이면 봉도 한 마리 나온다는데."

라는 속담을 비유로 자식들 육 남매를 살피고는 하셨습니다. 그러면서 끝내 인정치 않으신 걸 보면 암만해도 어머니 눈엔 차지 않으셨나 봅니다.

하지만 은근한 기대였을 뿐, 결코 실망은 아니셨습니다. 지금은 하늘에서 지켜보고 계실 줄 압니다.

참된 믿음의 열매

한 번도 목회자를 향한 불평이 없으셨던 우리 어머니. 한 번은 지독한 오해로 힘든 어느 목사님한테 삿대질하는 성도를 보고 기름 부은 종한테 그러면 복 못 받으니 제발 그러지 말라며 옹호했다가 그러는 강 권사님은 무슨 복을 얼마나 받았느냐는 비웃음에 서러워했던 우리 어머니, 목사님이라면 누구나 존경의 대상이셨습니다. 그런 어머니가 정신이 흐려지면서 심방 차 오신 담임목사님께 "나 뽀뽀해줘" 하셨을 때 그 당황과 어색함을 잊을 수가 없습니다. 하지만 "권사님 뽀뽀해드려요?" 함과 동시에 주저 없이 어머니 볼에 쪽 소리가 나도록 뽀뽀해 주셨던 담임 목사님의 긍휼을 같이 기억합니다.

어머니는 모든 걸 참고 참아서 끝내 받아낸 믿음에 복을 오롯이 주고 가셨습니다. 그야말로 하늘로부터 이루어진 내리사랑인 듯싶습니다. 문뜩 어머니가 보고만 싶습니다. 참 그립습니다.

"진리를 알지니 진리가 너희를 자유롭게 하리라."
- 요한복음 8장 32절

아픈 어머니를 보면서 바윗덩이 같은 무게의 부담이 자주 들곤 했습니다. 그런데 어느 날 문득, 말씀을 깨닫고 난 뒤 모래 알갱이보다도 더 작은 아니 미세먼지보다 더 가벼움을 느낀 적이 있었습니다.

세상적으로 본다면 무책임한 전가가 믿음 안에서는 아주 즐거운 권리라는 것을 감히 말씀드립니다. 아픔과 슬픔 등, 그 밖의 어려움을 다 내보이고 의지해서 부디 편한 삶을 소유하시길 바랍니다. 이것이야말로 그야말로 진정한 믿음이 아니겠는지요.

"두려워하지 말라. 내가 너와 함께함이니라. 놀라지 말라. 나는 네 하나님이 됨이니라. 내가 너를 굳세게 하리라. 참으로 너를 도와주리라. 참으로 나의 의로운 오른손으로 너를 붙들리라." - 이사야 41장 10절

되뇔수록 참 친근한 구절이 아닐 수 없습니다. 늘 곁에서 지켜 주신다는 약속이 아니겠는지요. 더 굳건한 믿음을

갖게 합니다.

어느 해 봄날이던가, 사방이 푸르러짐을 보면서 벅참을 느꼈습니다. 그렇게 차오른 감정은 하늘을 향한 것이었습니다. 모든 것을 행하는 그분의 섭리를 새삼 깨닫는 순간이었고 찬양하고 싶은 충동이 생겼습니다.

그때 써놓았던 시들로 영광을 돌리고자 합니다.

환희

1. 얼음장을 녹인
시냇물
졸졸대는 소리
은근함에
겨우내 움츠렸던 뿌리 끝
촉수를 펼쳐서
그 맛에 취해버린 꽃대는 살짝,
망울을 터트리지요.

2. 온갖 새들
튼실한 나뭇가지에 날아 앉아서

저마다

재잘대는 건

추위를

견디어 내고

활짝 핀 세상을 자랑함이지요.

3. 향긋한 바람에

어우러져서

이파리가 살랑대는 건

엄동설한 한파 중에도 굴하지 않고

오로지

풍성케 하려는

일념으로

봄을 일구어내신

하늘의 뜻이 온전함에 감사한 보답이지요.

이제 마무리하고자 합니다. 나름대로 가감 없이 쓰려고 노력은 했는데,
얄팍함에 군데군데 꾸밈은 없었나 싶음에 걱정이 되기도 합니다.
감히 이해를 바라면서 끝까지 읽어주심에 감사드립니다.

끝으로 부탁드립니다. 제발 주님 일에 활발하시기를 바랍니다.
적극적인 참여로 삶에 복이 더하시기를 바랍니다.
그리고 늘 행복하세요.

Part 2

삶을 노래하다
- 이선형 시 모음

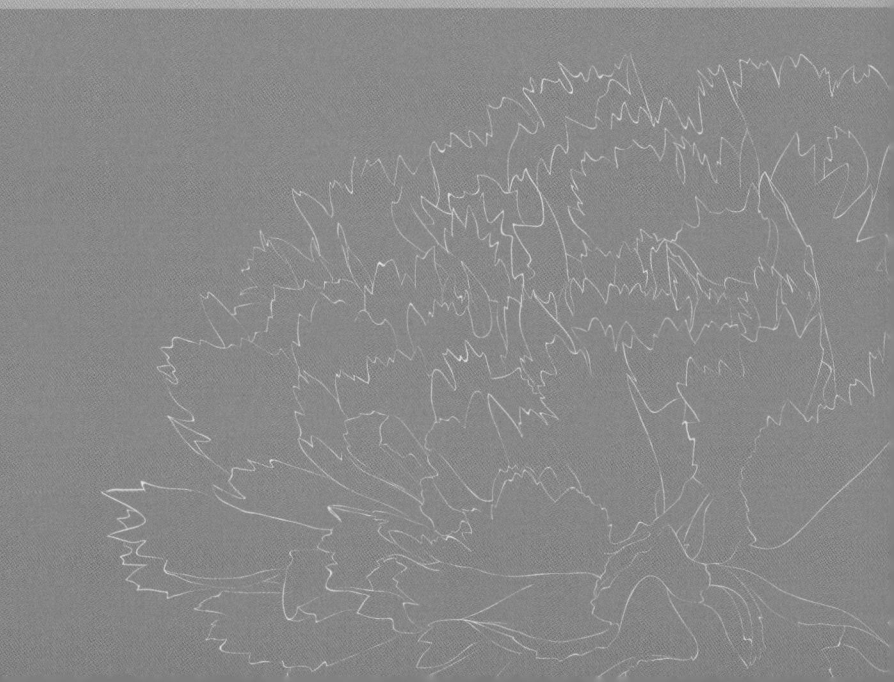

봄비 단상

한밤중

가랑가랑 오기에

그저 무심했더니

남새밭에

묻어놓은 씨앗을

움 틔워서

드러내 놓은 떡잎 오밀조밀한 것이

보기에 여간 좋다.

착한 것

알아주지 않아도

묵묵히 제 일을 해놓았구나.

어쩜

배웅도 없이

가면서 참 서운했겠다.

바람 든 여자

늘 그랬듯이

홀연 불어오더니

막상

머물기 어색하단 핑계로 가려 한다.

어디로 가는지

물을라치면

대답도

여전히 정처가 없다 한다.

가면 가지는 대로

가다가

어둑해지면

잠자리나 얻어 묵어갈 뿐이라고

가는

뒤,

꽁무니에 매달린 여운을

펄렁인다.

매번 겪는 일에

익숙해질 만도 한데

부쩍

심란한 것이

더는 담담할 수가 없는가 보다.

시월

한뎃잠 자느라고

한기든 새벽 입김에

씻기면서

하루를 시작하는 나뭇가지의 삶

정 없이 하나씩 둘씩

떨쳐 내리는 이파리가 섭섭해서

하는 짓인지

점점 헐벗겨 감에

몇 날 며칠 후에 찾아들 된서리

낌새를 알고

미리 추운 탓인지

사뭇

바들대는 통에

여민 옷깃 속에 있는 마음까지

덩달아 썰렁하다.

가을 나기

꾸역꾸역

먹어대는 꼴이

마치 걸신인 듯하다.

뚱뚱해지려나 봐

못마땅해

문득,

올려다본 하늘 퍼런 서슬에

시린 눈 감는데

웬 희뿌연 것이 스멀스멀 눈꺼풀을 헤집고 들어

온통 휘저어 댄다.

아찔하다.

메슥메슥한 것이 치밀 기세다.

당장 급급해

토해낼 자리 찾아 허둥대는데

고삐 풀린 듯

질주하는 가을은

싸한 매연을 날리기에 여념이 없다.

야상(夜想)

깊은 밤

말똥말똥 누워서

듣는

귀뚜라미 소리가 처연하다.

문득 보니

윗목 구석에 웬 놈이

웅크려 있다.

코스모스

흩어지는 나날

한가한 바람에 취해

구성진 목청을 높여서 흥겹더니

내처

무서리 맞은 것인가.

기어이

추레한 꼴로

풀기든 문풍지

바람에 부대껴 누그러진 새

비집고

들었나 보다.

모과

못났다 타박해도
잠잠한 건

당장
변명이 소용없는
그저 퍼런 덩어리라서 숙인
자존심이라오.

시린 밤 지새느라
약 오른 바람
새벽녘 싸늘한 입김으로
엉겨 붙어도

오로지
탱탱 여무는 건

훗날,

찬 서리 향

물씬 배어들어 농익은 속을

보란 듯

드러내 놓고

떳떳할 심산이라오.

가을 여정

겨우 남은 이파리

그나마

위안에 떠 놀다

문득 바라본 행로 아득하다.

가야 한다고

바람은 서두르는데

아쉬움은

발목을 잡고

훗날 낯선 데서 사무칠 그리움

벌써 당겨와

가슴 한곳을 차지한다.

남은 미련 아까워

미적대는 걸

이제 남은 것들이 알까

알기나 할까.

혼자

애타는 양이 초라한데

눈치 모른 바람은

저만치 앞서서 불어가잔다.

그저

필연이라고.

심상(心狀)

얼핏

마주친 이가

많이 닮았단 이유로

한참을

생각합니다.

찬바람이

여민 옷깃을 헤집고 들어

선뜩하면

참 간절합니다.

한밤중을

비치는 밝은 달

그림자가

나뭇가지에 걸터앉아서 일렁이면

새도록

그리워합니다.

한 시절

봉숭아 피어서
나붓나붓하면 거둬다
곱게
물들여야지

콩콩 찧은 봉숭아
아주까리 파랑 잎에 싸
매었다가

빨간
손톱이 되면
시냇물에 담그고
봐야지

말간 물속에 잠긴 내 손
얼마나 예쁜지

칠월

잠 없어 뒤척이는 마음에

풀벌레 울음만 잦아듭니다.

지새울 듯

애달픔이 사뭇 해

뒤척이다가

언뜻언뜻 그림자 비치어

창문을 열고 보니

나뭇가지에 내린 달이

바람 타고 일렁이다

마침 돌아가는 바람 끝을 붙잡아

온몸으로 시리어 듭니다.

엉겁결에 전율 당한 기분

산란함으로

어두워 머 언 하늘 올려다보니

뜬 달은 참 곱기도 합니다.

눈꽃

한밤중

살짝 내려와

헐벗은 가지마다 감싸고

다복다복

피어서

저리도 가상(嘉尙)할까요

솔솔 부는 바람에 부서지면서

날리는 향마저

싱그러움은

무엇에도 비할 수 없는 즐거움 과연,

하늘이 베푼 향연입니다

까마귀

거나한 술기운에

흥얼거리다

낙상한 기수 아버지

얼떨결에

꽃가마 태워 저승 보내놓고

뜨음하더니

불쑥

봉이네 돼지 막 옆,

가죽 나뭇가지에 걸터앉아

깍깍

시끄럽다

'징한 것

볶아도 친다'

미수(米壽)를 넘긴 봉이 할머니

켜켜이

겨운 시름을 모르고

참

밉상이다

비 맞은 마당

스치는 바람은
실컷 얻어맞고 부어터져서
질척한 상처가
얼마나
쓰린지를 모른 척한다.

그 무심함이
서운해서 토라진 항거인가
쏟아지는 빗줄기

화살촉인 듯
파고들어
마구 쑤셔댄 아픔이건만
내색도 없이

끝끝내

안쓰러운 여운으로

메말라감이 고집스럽다.

그는 실로

한갓 떠도는

낙엽이라도

무심할 수가 없나 보다.

되는대로

나뒹굴다 불현듯,

떨치고 온

가지 생각에

갈한 그리움 버석거릴 때

부신 볕으로

다가와

가만가만

사그라트리는 것이.

어떤 휴식

잠자리 한 마리가

고추 널은 채반에 내려앉아

가만히

날개를 내렸습니다.

빨간 고추에 격 없이

어울린 폼새가

지친 숨을 고르나 싶은 게,

어쩌면 나 같아

더없이 친근감에 만지려 하자

후딱

날아버립니다.

아뿔싸,

뜬눈이더니

못내 불안했나 봅니다.

비야

그만 내려라

너 암만 질퍽거려도

한번 내친걸음인 것을

쉬 돌려질까

그간 주고받은 정

소곤소곤한 걸 저버리고

간다는구나

매몰찬 친구

가는 길

배웅하고 돌아설 때

섭섭한 마음 그나마 젖어

후줄근하면

딱해서 어쩌라고

너 안 그래도

자국마다

고이는 게 눈물일 것을

바람난 봄

화창함에

반해서

간 주고 쓸개 주고

덜렁 남은

마음까지 내어 주고

텅 빈 속에

살랑 바람 들어와 차고앉더니

자꾸

놀러 가자 조른다.

밤에 오다

가뭄 탄 바람에
씻기어서 메마른 날씨가
심술을 부려도
갖은 풀은
온 밭을 점령할 듯 기가 성한데
남새만 시들시들
허약한 밑동을 드러냈다.

저 풀한테
봄갈이 때 파묻은 두엄
한창 곰삭은 것을 마저 뺏길세라
앞선 걱정에
땅거미가 보채도록
호미질하고
푸석한 땅에 뿌리박고 버티는
남새가 눈에 밟혀 뒤척이는 울 엄니

문득 잠결에

우두둑 떨어지는 소리를 듣고

참 별스럽다 어쩌자고 밤에 오는겨

얼른 내뱉은 말이

엉뚱한걸

저 비가 알려나 몰라

한참

목마른 남새가

들이켜고

헤벌쭉한 양을

당장 볼 수 없어 서운함인걸.

쑥 캐는 여자

여자는

파릇한 쑥이

지천으로

널린 곳에 자리를 잡는다.

이내 다듬어져

정갈한 쑥이 작은 더미가 되는 동안

나른한 기운이 심심해

뒤척이던 햇살은

마침 여자의 목덜미를 보고 감아챘다가

하도

탐스러워

벌겋게 상기된다.

날아온 새 한 마리

빙 돌아가는 날갯짓이 한가롭다.

새는 유유히 먼 산을 넘고

엉거주춤 따라가던 실눈이 산등성에 걸리자

여자는

못내 아쉬움을

내려 앉힌다.

파종을 기다리며

조급한 씨앗들이 암만 채근해도

내색 않고 찬찬히

바구니에 채운 쑥들이

그 사이

따가운 볕에 치어 시들먹하다.

한 움큼 쥐어보더니

성에 안 찬 듯 내처 바지런한 손길,

늘 분주한 일상에 부대껴

까부라진

여자의 머리칼을

가만한 바람이 살살 날린다.

나 어릴 적에

그해

빼꾸기가

여러 날 동안 앞산 중턱서 울어댈 때

모두는

그저 무심한 정도였다.

몇 날을

울어대던 빼꾸기

소리가

들리지 않자

이젠 다 울고 날아갔나 보다

했을 뿐이다.

하지만

며칠 뒤

아궁이 잿불에 알찜을 잘해주던

화주 언니가 집을 나갔고

알게 됐다.

앞산서

울던 뻐꾸기가

앞집 오빠였다는

그

사실을.

앵두

붉은 뺨
오동통함에 끌리어
주변을
엿보다가
살짝 훔쳐 버린 입술,
순간
짜릿함에
토하는 신음
아!
달콤해

달

캄캄한 밤

고스란히 내려서

견디는 건

어둠을 뚫고 찾아올 여명

그 환한 기색이

어서

보고픈

속셈인 것을

어떤 자유인

매일 빈둥거리며
심심찮게 술을 마시는 그가
취기가 돌면
밤인지 낮인지도 모르고 질러대는
고성방가로
한참이나 시끄러운 그가

만취해서
신작로가 좁아라 하고
휘젓고 다니다가
맛 다친 사람이 만만하다 싶으면 가로막고
트집 잡기 일쑤인 그가
명성이 자자한 광복절 특사란다

이유인즉슨
놀림을 받아도
오로지 웃을 줄만 알아서

바보라 인정받은

순수 청년을 노리개 삼아 놀다가

과열된 기분에

그만 객기 발동이었는지.

아무튼,

온전한 몸을 난장질해서 핏물을 들여놓고

잡혀가 징역 살다가

풀려난 날이

하필 8월 15일이기 때문이란다.

옛날의 금잔디

엉덩이가 유난히 컸던
동네 처녀 정순 언니,
아버지는
바람에 다 날려도
정순이는 엉덩이가 무거워
괜찮다 안심하셨다.

물지게를 지고
뒤로 쑥 뺀 엉덩이가 뒤뚱뒤뚱
담 모퉁이로 돌아갈 때
정순이는 벌써 사립문 앞에 가 있는데
엉덩이는
지금 모퉁이를 돌아간다며
웃으셨다.

정순 언니가
양촌 감나무 집 아들

춘길이한테 시집가는 날

정순이 엉덩이를 다시 볼 수 없을 거라며

서운하던 아버지는,

어쩌다 찾아가는

유년의 뜰에

느을

정순 언니와 함께 계신다.

알고 싶어

가파른 길

질척한 수렁을 지나서

가기 귀찮다고

한 번쯤은 잘래잘래

해볼 만도 한데

의연하게

제

곬으로

갈 줄만 아는 바람

저

꿍꿍이

가을볕

하도 맑아서
그냥 보기 아까워
살짝 잡아 주머니에 넣었더니
솔기 틈으로
새 나오려 합니다.

얼른 꺼내어
가슴에 꼭 안아주었더니
자꾸 버둥댑니다.

이도 저도 여의찮아
놓아주고
못내 아쉬운 마음을 달래려는데
뭔 변덕인지

곁에서
자꾸 부스댑니다.

가을 별곡

올 때는 조용하더니
막상 자리 잡고 하는 일은
요란합니다.

뭇 바람을 일으켜서
시달린
나뭇가지가
떨어내는 이파리마다
흩날리기에 분주하더니
다 저질러놓고,
텅 빈 사이를 휘젓고 다니는 양이
여간 스산합니다.

얼마를
그러더니
찬바람을 앞세워 보낸 동장군(冬將軍) 기세에
꽁무니를 빼려 합니다.

핑계도 타당합니다.

갈 때가 되었을 뿐이라고,

해서 떠난답니다.

어쩌게요

굳이 잡아둘 구실이 없으니 보낼 밖에요

아주 무심한 듯이.

일상 중에

머문 자리 심심하면

박차고 날아올라

자유자재로

훨훨 날갯짓해도

흉이 없고

창공이 싫어지면

즉시 내려와 날갤 접어도

욕이 없는

그런 새 한 마리를

꿈꾼다.

갈바람

한참을

불어서 스산하더니

뭔

심통인지,

내둬도 잘 있는

잎사귀를

자꾸 건드려

붉게 멍 들이는 것 좀 봐

참,

볼 만하네

불면

재깍재깍

맞물려 돌아가는

괘종(掛鐘)의

톱니바퀴 성정은

한번 놓친 잠을 찾아서

헤매는

어둠 속의 밤

지친 허울 자락을 덥석 물어버린다.

이내 촌각을 다퉈

잘근잘근 씹어내기에 여지가 없다.

겨를 없이 떨어지는

부스러기로

뒤덮이는 바닥은

온통 답답한 일색이다.

한들

침묵한 어둠은

그저 깊어 가기에 골몰할 뿐이라

소외된 밤은

당장 지새울 일이 난감해 돌아눕다가

뭔가에 시선이 잡힌다.

어렴풋한 것이

마치 웅크린 형상이다.

자세히 보니

어둠에 한참 그을린 듯

까만 실체로

말똥대는 꼴이 청승도 맞다 했더니

'오메 어쩔까나

한창 지루한 자아로고'

순간 탈피를 시도하지만

빼곡히 들어차서 짙은 어둠을

어찌 젖힐까나

못내

잠자리가

불만인 밤은

번한 새벽이 아쉬워 자꾸 뒤척인다.

지금은

파란 하늘 바라보다

시린 눈 슬퍼서 울면

얼른 감고

나온 눈물 감춥니다.

아주 훗날

멀리 가서 그리울

지금을 향해 거슬러 오다 지쳐서

미동조차 가련하면

그때 주르르

흘려서 달래려고

찔끔대는 걸 고스란히 담아둡니다.

단비가 오는 밤

후두두 소리가
잠결에 들린다.

파종해서 내린
뿌리마다
가물은 땅 심술에 애를 태워도
뒷짐을 진 듯해 서운하더니

그간 참느라
지친 꼴을 바로 대하기 민망해
한밤중 찾아온 건지

뜬눈은
놓친 잠이 아쉬워
뒤척여도
많이 기다렸던 마음이라
반갑기 그지없다.

가을 스케치

빈 들녘 쏘다니며

숨찬 바람

거칠게 내뱉는 입김일망정

빈 들녘

허수아비한테는

위안인가 보다

찬 서리 맞아가며 기진한 육신

점점 부식되어도

꿋꿋이 서 있는 것이.

영정

빛바랜 사진 속에 여전한 모습으로
이제는 가마득해 무뎌진 슬픔인 듯
편하게
미소 띤 얼굴
보이시는 아버지.

어느새 자랐는지 어엿한 손주 놈을
넌지시 바라보며 눈빛이 서먹한 건
속없이
묵은 나이가
염치없어 그런걸.

'산 날이 얼마인데 늙지도 않는구려
그 세월 어디 두고 넉살만 보이시오'

어머니
못마땅함만
푸념으로 쌓인다.

가을 끝자락에서

앙상한 가지 끝에 매달린 이파리가
서늘한 바람에도 흔쾌히 나부끼면
상황(狀況)을
잘 알면서도
찐득대는 아쉬움.

저무는 석양빛을 머금고 날아가며
가쁘게 토해내는 철새들 붉은 입김
멍하니
바라다보며
남은 미련 챙긴다.

석류

해묵은 사연들을 알알이 품어놓고

선불리 내색 못 해 답답한 가슴앓이

탱탱 곪아

터져 버린 날

피맺힌 속 내보인다.

허수아비 단상

농익은 갈바람이 속속히 모여들어

흥겹게 불어대다 제풀에 잦아들면

적적한

마음 달래며

덩그러니 서 있다.

알곡을 지켜내고 고단한 몸과 맘이

곧 닥칠 서릿가을 견딜까 걱정인데

석양은

하루하루를

어김없이 재운다.

텅빈 들 아득함을 느끼며 버티는 걸

민망해 볼 수 없어 등지고 돌아서다

홀연히

마주친 바람

시리도록 차갑다.

Part 3

평소 우리 엄마가 좋아했을 글

[PART 3. 평소 우리 엄마가 좋아했을 글] 속의 일화는 포털사이트와 카톡 등에서 부분 발췌한 후 편집하여 엮은 것입니다. 일화의 원출처가 불분명하여, 부득이하게 출처 표기를 하지 못한 점 양지하여 주시길 바랍니다.

어머니의 발

"그동안 어머니 목욕을 시키거나 발을 씻겨 드린 적이 있습니까?"

일본의 어느 대기업 사장이 회사 직원을 뽑기 위해 면접을 볼 때 한 청년에게 위와 같은 질문을 했습니다. 예상 밖의 질문에 청년은 무척 당황했지만, 거짓말을 할 수 없어 솔직하게 답했습니다.

"목욕이나 발을 씻겨 드린 적은 한 번도 없습니다. 초등학교 때 어머니 등을 긁어드린 적은 있습니다."

공채 시험성적이 좋아 나름 자신만만했던 청년은 내심 불안해졌습니다. 이 대답으로 불합격될 수도 있겠단 생각이 들었기 때문이죠.

그가 태어난 지 얼마 안 돼 아버지가 돌아가시는 바람에 어머니가 이 일 저 일 안 해본 일 없이 그를 키우셨고, 어머니가 고생하는 것을 곁에서 지켜보았던 청년은 어머니의 바람대로 최고 명문대학에 들어가 수석으로 졸업한 후

대기업에 응시한 상태였습니다. 청년은 빨리 돈을 벌어 어머니의 은혜에 보답하고 싶었지요. 면접이 끝나자 상무가 청년을 불러 사장님의 지시 사항을 전달했습니다.

"내일 이 시간에 다시 오십시오. 다만 사장님께서 한 가지 조건을 말씀하셨습니다. 그전에 꼭 한 번 어머니 발을 씻겨 드리라는 것입니다. 그러고 나서 다시 방문하십시오."

"네, 꼭 그렇게 하겠습니다."

청년이 집으로 돌아가 일터에서 늦게 돌아온 어머니에게 난데없이 발을 씻겨 드리겠다고 하자, 어머니는 극구 사양했습니다. 할 수 없이 청년은 오늘 입사 면접을 보았고 어머니 발을 씻겨 드리는 것이 사장님의 지시 사항이라고 설명했습니다.

그러자 어머니가 두말없이 문턱에 걸터앉아 세숫대야에 발을 담갔습니다. 청년은 조심스레 어머니의 발등을 만졌습니다. 그간 고생의 무게가 어머니의 앙상한 발등과 굳은살 박인 발바닥에 고스란히 드러나 있었습니다. 태어나 처음으로 만져보는 어머니의 발이었죠. 순간 울음이 복받쳐 어머니의 발을 끌어안은 채 참회의 눈물을 흘렸습니다. 다음날 회사를 찾은 청년이 사장님께 말했습니다.

"어머니가 그동안 얼마나 고생하셨는지 이제야 겨우 알았습니다. 만약 사장님의 지시가 아니었다면 평생 어머니의 발을 만지고 씻겨 드릴 생각은 하지 못했을 것입니다, 사장님은 제가 불효자라는 것을 뼈저리게 느끼게 해주셨고 큰 가르침을 주셨습니다. 지금부터라도 정말 어머니를 잘 모시겠습니다. 사장님, 제가 지원한 회사가 어떤 회사인지 깨닫게 해주셔서 정말 감사합니다."

청년의 진심 어린 감사에 사장은 미소 지으며 대답했습니다.

"명문대학 수석 졸업생이 우리 회사에 입사한 것 또한 자랑입니다. 지금 바로 인사부로 가서 입사 수속 밟으세요."

부모님이 살아계실 때 발 한번 씻겨 드리고 목욕 한번 시켜드리는 것, 효도가 꼭 멀리 있는 것이 아닙니다.

남을 긍휼히 여기는 마음, 공감

하루는 어떤 집에 강도가 들었는데 강도가 집주인에게 권총을 겨누며 고함을 질렀습니다.

"두 손 바짝 들어!"

깜짝 놀란 집주인은 왼손을 번쩍 들었습니다. 그러자 강도가 험악한 표정으로 소리쳤습니다.

"왜 두 손 다 들지 않는 거야?"

집주인이 몹시 괴로운 표정을 지으며 대답했습니다.

"신경통 때문에 오른손을 들 수가 없어요."

"뭐라고? 신경통이라고?"

사실 자신도 신경통 때문에 고생하고 있었던 터라 강도의 태도가 확 달라졌습니다.

이후 강도는 본래의 목적을 망각한 채 신경통에 좋다는 약을 설명하기 시작했고, 집주인 또한 상대가 강도라는 것도 잊은 채 그의 말에 고개를 끄덕였습니다.

어느덧 날이 밝자 강도는 "낙심하거나 좌절하지 말고

속히 건강을 회복하길 바란다"라는 공감의 말을 남기고 떠났습니다.

오 헨리의 『강도와 신경통』이라는 단편소설 내용입니다.
남을 긍휼히 여기는 마음에서부터 공감이 생겨남을 잊지 마십시오.

선행의 아름다움

브라질의 오지에서 의료활동을 펼친 선교사 부부가 있었습니다. 이 부부는 평생 4번 이름이 바뀌었다고 합니다.

그들이 한 인디언 마을에 처음 도착했을 때 인디언들은 그들을 '백인'이라고 불렀습니다. 그 호칭에는 과거 자신들을 괴롭힌 백인들에 대한 증오가 담겨 있었으나, 선교사 부부는 비난을 묵묵히 감수하며 병들어 죽어가는 인디언들의 질병을 치료해 주었지요. 그러자 인디언들은 그들에게 '존경하는 백인'이라는 이름을 붙였습니다.

선교사 부부는 인디언과 같은 옷을 입고 같은 음식을 먹으며 생활했습니다. 10년 동안 열심히 인디언 말을 배워 그들과 유창하게 대화를 나누게 되었지요. 그러자 이번에는 그들에게 '백인 인디언'이란 호칭이 생겼습니다.

그러던 어느 날 선교사 부부가 무릎을 꿇고 앉아 부상당한 인디언 소녀의 발을 씻겨주었습니다. 그날부터 선교사 부부는 '하늘의 천사'로 불렸다고 합니다.

어떤 일이든 좋은 끝은 있는 법이라고 믿으며 살면 조금쯤은 더 따스한 세상이 되지 않을까요.

감사하는 마음

극심한 흉년이 들었던 독일의 한 시골 마을 이야기입니다. 마을 사람들은 다들 굶어 죽는다고 아우성치고 있었지요.

이 마을에는 비교적 살림이 넉넉한 노부부가 살고 있었습니다. 노부부는 어린아이들만큼은 굶게 해선 안 된다는 생각에 아침마다 마을 입구에서 아이들을 불러 모았습니다.

"애들아, 누구든지 와서 빵을 하나씩 가져가렴."

아이들은 서로 더 큰 빵을 차지하려고 다투기만 할 뿐 누구도 노부부에게 감사할 줄은 몰랐죠.

그중 한 소녀만이 항상 맨 마지막으로 남은 작은 빵을 가져갔습니다. 그러고는 빵을 손에 든 채 매일 노부부에게 "감사합니다"라고 공손한 인사를 올렸습니다. 노부부는 그런 소녀를 매우 기특하게 여겼지요.

그러던 어느 날 소녀는 빵 속에서 금화와 편지 한 장을 발견했습니다. 편지에는 "감사할 줄 아는 너를 위해 마련

한 작은 선물이란다"라는 글이 적혀 있었습니다. 열악한 상황 속에서도 감사하는 마음을 잊지 않았던 소녀에게 내린 노부부의 상이었던 것입니다.

"가진 것에 감사하십시오. 당신은 더 많은 것을 갖게 될 것입니다. 당신이 갖지 못한 것에 집중한다면 결코 충분하지 않을 것입니다." – 오프라 윈프리

일상의 소중함

헬렌 켈러가 쓴『3일만 볼 수 있다면』이란 수필이 있습니다. 이 수필을 읽다 보면 우리가 감사해야 할 것이 얼마나 많은지 깨닫게 됩니다. 20세기 최고의 수필로도 꼽히는 글의 내용 중 한 구절을 소개합니다.

"만약 내가 3일만 볼 수 있다면 첫날에는 나를 가르쳐준 설리번 선생님을 찾아가 그분의 얼굴을 바라보겠습니다. 그리고 산으로 가서 아름다운 꽃과 풀과 빛나는 놀을 보고 싶습니다. 둘째 날엔 새벽에 일찍 일어나 먼동이 터오는 모습을 보고 싶습니다. 저녁에는 영롱하게 빛나는 하늘의 별을 보겠습니다. 셋째 날엔 아침 일찍 큰길로 나가 부지런히 출근하는 사람들의 활기찬 표정을 보고 싶습니다. 점심때는 아름다운 영화를 보고 저녁에는 화려한 네온사인과 쇼윈도의 상품들을 구경하고 저녁에 집에 돌아와 사흘간 눈을 뜨게 해주신 하나님께 감사의 기도를 드리고 싶습니다."

이 세계가 날마다 기적 같은 것임을 일깨워주었던 이 글은 당시 경제 대공황의 후유증에 허덕이던 미국인들을 위로했다고 합니다. 일상의 소중함을 되새겨 주는 글이기도 합니다.

지금 가지고 있고 일상에서 누리고 있는 많은 것에 진심으로 감사할 때 더 큰 행복과 평온이 찾아옵니다.

인덕(人德)을 쌓는 하루

우리가 흔히 쓰는 인복(人福)과 인덕(人德)의 사전적 의미는 둘 다 '다른 사람의 도움을 많이 받는 복'을 말합니다. 그러나 조금 더 세밀히 들여다보면 인복과 인덕의 차이를 알 수 있습니다.

예를 들어, 자신은 별로 잘난 것도 없는데 주변에서 도와주는 사람이 많아 잘되고 있다면 그것이 바로 인복이 있는 것이라고 합니다.

반면 자기 스스로가 이미 언행에 덕이 갖추어져 있어, 남들의 도움을 받을 만하여 받는 것은 인덕이라고 합니다.

이렇게 따져보면 복은 받는 것이고 덕은 쌓는 것이니, 당연히 '복'보다 '덕'이 더 소중하고 더 깊이가 있다 할 수 있습니다.

지금부터라도 다른 이의 도움으로 복을 받는 것보다, 스스로 덕을 갖추어 나가는 인덕을 쌓아보는 것이 어떨까요. 그러면 더 큰 복을 받을 수 있지 않을까요.

하루하루 인덕 쌓는 일에 전력을 다하다 보면 그 인덕이 반드시 더 큰 복으로 되돌아올 것입니다.

친절의 힘

한 젊은 부인이 술에 취해 폭력을 휘두르는 남편과 싸운 후 어린 딸을 데리고 집을 나왔습니다.

곧바로 택시를 잡아타고 친정집으로 향했는데, 30분 정도 달렸을까요? 친정집에 거의 도착할 즈음 택시 기사가 부인에게 조심스럽게 말했습니다.

"어린아이를 데리고 밤늦게 어딜 가세요? 남편분과 싸우기라도 하셨나요? 자세한 사정은 모르겠으나 이렇게 늦은 시간에 부모님 댁에 가면 얼마나 걱정하시겠어요? 택시비는 안 내셔도 되니 오늘은 그냥 집으로 돌아가시는 게 좋겠어요."

그러고는 뒷좌석에서 훌쩍거리고만 있는 부인의 마음을 헤아려 모녀가 처음 탔던 곳으로 데려다주었지요.

젊은 부인은 택시 기사의 친절함과 배려에 눈물이 나올 정도로 감격했고, 남편과 문제가 있을 때마다 그때의 운전기사를 두고두고 떠올린다는군요.

날이 갈수록 인정이 메말라 가는 세상에서 뜻하지 않은 친절을 만나게 되면 큰 힘이 됩니다. 누군가에게 베푼 친절은 절대 헛되지 않습니다.

권선복

충남 논산 출생
아주대학교 공공정책대학원 졸업
연세대학교 산학연 기술개발센터 자문위원
중앙대학교 총동창회 상임이사
자랑스러운 서울 시민상 수상
2018년 TV조선선정 대한민국을 움직이는 영향력 있는 CEO
도서출판 행복에너지 대표이사 happybook.or.kr
지에스데이타(주) 대표이사 gsdata.co.kr
대통령직속 지역발전위원회 문화복지 전문위원
새마을문고 서울시 강서구 회장
영상고등학교 운영위원장
전) 서울시 강서구의회의원(도시건설위원장)
전) 팔팔컴퓨터전산학원장

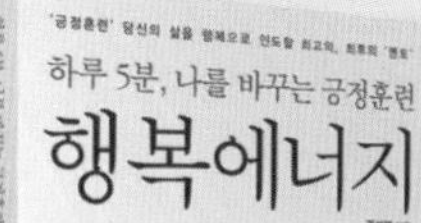

자신의 책을 세상에 내고 싶다는
작은 소망은 도서출판 행복에너지의
창립으로 이어졌다.
12년여 만에 1,000여 종에 달하는
도서를 출간한 중견 출판사로
회사를 발전시켰다.

긍정의 힘

권선복

우리 마음에 긍정의 힘을 심는다면
힘겹고 고된 길 가더라도 두렵지 않습니다.

그 어떤 아픔과 절망이 밀려오더라도
긍정의 힘이 버팀목이 되어 줄 것입니다.

지금 당신에게 드리겠습니다.
열린 마음으로 받아들일 수 있는 긍정의 힘.
두 팔 활짝 벌려 받아주세요.

당신의 마음에 심어진 긍정의 힘이
행복에너지로 무럭무럭 자랄 것입니다.

행복을 부르는 주문

권선복

이 땅에 내가 태어난 것도
당신을 만나게 된 것도
참으로 귀한 인연입니다

우리의 삶 모든 것은
마법보다 신기합니다
주문을 외워보세요

나는 행복하다고
정말로 행복하다고
스스로에게 마법을 걸어 보세요

정말로 행복해질 것입니다
아름다운 우리 인생에
행복에너지 전파하는 삶 만들어 나가요

아름다운 사람

권선복

아름다운 사람이 되고 싶습니다
내가 말한 말 한마디에
모두가 빙그레 미소 지을 수 있는 힘을 가진
아름다운 사람이 되고 싶습니다.

내가 보인 작은 베풂에
모두가 행복해할 수 있는
선한 영향력을 가진
아름다운 사람이 되고 싶습니다.

말보다 행동보다
모두에게 진정으로 내보일 수 있는
아이 같은 순수함을 지닌
아름다운 사람이 되고 싶습니다.

인생은 복습

권선복

삶에 있어 예습은 무용지물입니다.
인생은 누가 더 복습을
철저히 했느냐로 판가름 나지요.

미래는 확인할 수 없지만
자신만의 무늬가 또렷이 새겨진 과거는
늘 확인할 수 있기 때문입니다.

틀린 곳을 제대로 되짚지 않는 한,
어제와 다른 내일이란 존재할 수 없음을
오늘 마음 깊이 새겨봅니다.